集英社オレンジ文庫

京都伏見は水神さまのいたはるところ

ずっと一緒

相川　真

本書は書き下ろしです。

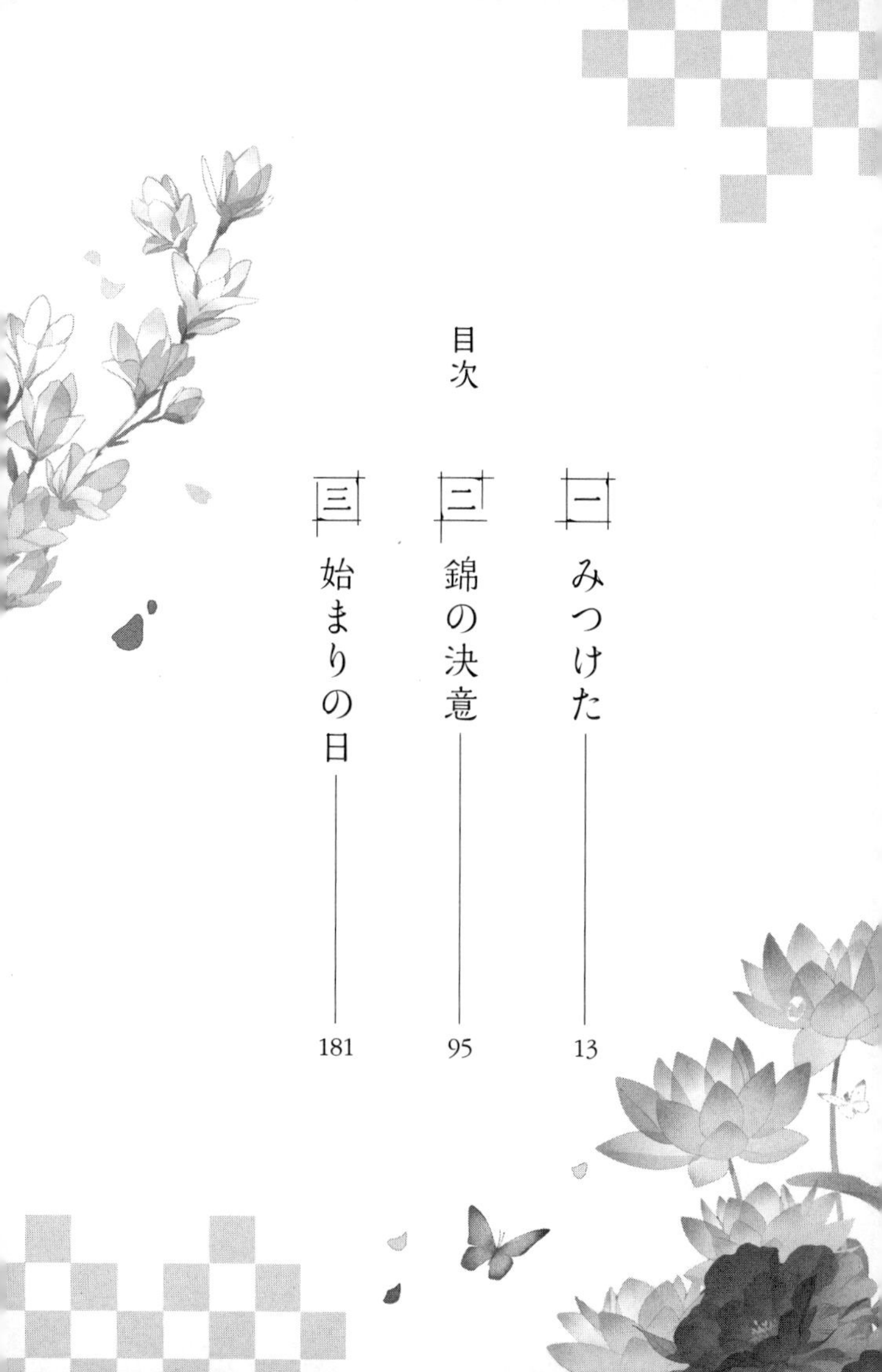

目次

【登場人物紹介】

三岡ひろ（みつおか）
大学院生。東京で暮らしていたが、高校時代に京都の祖母のもとに。水神の加護があり、ひとならぬものの声が聞こえる。

清尾拓己（きよおたくみ）
ひろの幼馴染みで今は恋人に。家業の造り酒屋『清花蔵』の跡取りとして東京から戻った。

シロ
かつて京都にあった池の水神。普段は白い蛇の姿だが、雨が降る時には人の姿になれる。ひろに執着する。

水守はな江（みずもりはなえ）
ひろの祖母。古くから水に関わる相談事を引き受けていた蓮見神社の宮司。

花薄（はなすすき）
貴船に棲む水神。シロとは古くからの馴染み。

イラスト／白谷ゆう

京都伏見は
水神さまの
いたはるところ
ずっと一緒

つないだあたたかな手のひらから、すべてが伝わってくる。

焦燥、困惑、それから期待、泣き出しそうになるほどの幸福。目の前のその人の、感情の何もかも。

高鳴る鼓動の音さえも。

三岡(みつおか)ひろは息が詰まるほどの緊張感から、逃げるように空を見上げた。

夏を間近にひかえる京都伏見(ふしみ)では、うんざりするほど長くなった日が落ちて、ようやく空に星々が輝き始めたころだ。

白鳥座のデネブ、こと座のベガ、わし座のアルタイル。まばゆい一等星が形作る三角形が東の空に陣取っている。

吹き抜ける風にはすでに、夏を感じさせるしっとりとした重さがあって、それが頬(ほお)を撫(な)でるたびに心がゆっくりと落ち着いていく。

「もう夏だね」

「……ああ」

見事な生返事だった。彼がひろの言葉をこれほど聞いていないのは珍しい。小さく肩をすくめて、くすりと笑った。その理由をひろは知っているからだ。

彼は今、自分の中にあるプランを達成するために、それはもう一生懸命なのである。

清尾拓己(きよおたくみ)は四つ年上の幼馴染(おさななじ)みだ。今年で二十八歳になる。

ひろが住む蓮見(はすみ)神社のはす向かいにある、酒造の跡取りだった。

出会ったのは、ひろがまだ東京に住んでいたずっと小さいころだ。それからは京都に行くたびに、優しい近所のお兄さんとして、いつもひろの手を引いて歩いてくれた。

高校一年生の秋に、ひろが祖母の家である蓮見神社に住むようになってからも、それは変わらなかった。

変わったのは、ひろの気持ちだ。

ともに過ごすうちに、近所の優しくて面倒見のいいお兄さん、はひとりじめしたい大切な人になった。

ひろがその気持ちを伝えたのは、高校を卒業するとき。拓己はちょうど大学を卒業して、東京の会社に就職する年だった。

返事が返ってくるまでに、たっぷり四年。そのころにはひろは大学院へ進学することになっていて、拓己は京都に戻って実家の酒蔵を継ぐと決めていた。

それが一年と少し前の春だ。

周囲から見れば呆れるほどの時間をかけて、ひろは拓己とゆっくり想いを重ねていった。

ひろはその横顔を見上げた。

上背があるだけではなく、肩にしっかりと厚みがあるのは、今でも剣道を続けているからだ。そのうえ酒蔵の仕事は、想像するよりずっと力仕事であるらしい。

すっと通った鼻筋に薄い唇、切れ長の目はいつも穏やかな光をたたえているのに、今はぎこちなく宙を泳いでいる。

「その……寒ないか?」

「え、大丈夫だよ。もう夏だよ」

「ああ、そっか。そうやんな」

会話も返事もすべてが上の空で、どうやら本当に緊張しているらしい。

ひろの前で拓己は、いつも格好いいお兄さんでいようとするから。ときどきこういうところを見ると、なんだかかわいいなと思ってしまうのだ。

夕食のあと、ひろは拓己に散歩に誘われた。場所は蔵の裏手に流れる宇治川派流だ。

派流は伏見の南を通る細い人工河川だった。宇治川からこの流れを整備したのは、戦国大名、豊臣秀吉である。

かつては十石舟や三十石船が派流から宇治川、淀川を進み、大阪と京都をつないでいた。

ここ京都伏見は都と大阪、ひいては全国をつないだ港町であり、丘の上に伏見城をいただく城下町でもあったのだ。

ゆらりと街灯に揺れるのは、針のように細い柳の葉。川面に影を落として、うつりこんだ灯をくしゃりと崩している。ところどころに植えられた紅葉はその五指をめいっぱい広げて、夜空を星型に切り取っていた。

拓己が立ち止まる。

鼓動が速くなったのが、つないだ手の先から伝わった。

一年前、近所のお兄さんから彼氏へと呼び名を変えたこの人は、今日ひろに、プロポーズしてくれるつもりなのだ。

——……なぜひろがそのことを知っているのかといえば、しばらく前に、すべてネタばらしされたからである。

犯人は拓己の酒蔵、清花蔵で働く、蔵人と呼ばれる職人たちだった。

今では珍しくなった季節労働者である彼らは、秋口に伏見の清花蔵にやってきて、一冬を過ごす。酒を仕込み、春になるとそれぞれの故郷へ戻っていくのだ。

今年の春も彼らを見送るために開かれた宴会のおり、拓己が真剣な顔で職人たちに相談事を持ち掛けているのを見かけた。

拓己は清花蔵の跡取りであり、「若」と呼ばれる立場だ。その拓己が口を開くたびに、蔵人たちがちらちらとこちらを見てくるので、ひろもなにごとかと気になっていたのだ。

それからしばらくして、母に呼ばれた拓己が席を外したときだ。

ひろは蔵人たちに手招かれて、そこですべて聞かされたのである。拓己の相談事の中身――どうやら、意を決してひろにプロポーズするつもりであるということを。

相談が終わってからものの十分ほど、蔵の跡取りに対する、従業員たちの手ひどい裏切りだった。

蔵人たちの言い分としてはこうだ。

若は夏ごろにプロポーズを考えているらしい。さっさとしてしまえばいいのに、どうも我々蔵人が、故郷に帰るのを待っているようだ。どうせからかわれるとでも思っているにちがいない。

そんなことが許されるだろうか――いや、断じてだめである。

力強く語る蔵人たちはふてくされたように続けた。その顔が悔しそうに、けれどうれしそうにくしゃりと崩れていたのを、ひろは覚えている。

――若もひろちゃんも、もうおれらの家族やろ。

家族のお祝い事は一緒に、一番に、これでもかと盛大にお祝いしたい。

そういう理由でひろは、かなりのフライングで蔵人たちから、盛大なお祝いの言葉をもらっていた。

だからひろのほうは、準備万端なのである。

あとは目の前できっと覚悟を決めているはずの、このかわいい人の言葉だけだ。

はらりと派流の水面に、青い紅葉の葉が零(こぼ)れ落ちた。

ゆったりと広がる波紋を眺めて、ようやく拓己が一つ、息をついた。

「ひろ」

「うん」

拓己の黒い瞳に自分の姿がうつっているのを見て、思わず笑ってしまいそうになった。

せっかく心を決めてきたはずなのに、ひどい顔をしている。

期待に胸を膨らませて、そわそわとした心持ちを隠すこともできていない。唇をかみしめて目を輝かせて、ぐちゃぐちゃの感情がぜんぶ表情にのっている。

「――……ひろ」

この人が愛(いと)おしいものを呼ぶように、わたしの名前をささやくのが好きだ。

「ひろに、言おうと思てたことがある」

握り締められた手のひらがあたたかい。幸福の温度だ。

「おれとずっと一緒にいて。おれと……結婚してほしい」

とたんに視界がゆがんだ。あふれたもので前が見えなくなった。拓己の長い指がそうっと頬に触れて涙をぬぐっていく。

「うん」

鼓動が耳の奥でうるさい。体中に幸せが満ちていく。

「わたしも拓己くんと、家族になりたい」

せめて声が震えていませんようにと祈った。

「……ああ」

ぎゅ、と抱きしめてくれた拓己の胸からどくどくと鼓動が聞こえた。自分のものとどろどろと混じって、一つのものになれたような気がした。

それはひどく、幸せな心地だった。

一
みつけた

1

夏のまばゆい太陽が、白砂を敷いた庭を照りつけている。

ひろは清花蔵の母屋の縁側で、高く澄んだ空を見上げてほうと息をついた。耳を澄ませる。ぽた、ぽた、と聞こえるのは、石の器を水滴が打つ音だ。

地下から汲み上げた水の滴が、手押しポンプの先端からゆっくりと零れ落ちている。

清花蔵はその敷地内で地下水を汲み上げている。その井戸の一つが母屋の庭にもあった。花香水と名がついていて、蔵の酒のすべてはこの水で仕込むことになっていた。

京都伏見は水の町だ。

かつて豊臣秀吉が築いた伏見城の城下町であり、宇治川、淀川を通じて都と大坂をつなぐ舟運の町でもある。また水盆と呼ばれる地下水は琵琶湖の水量ほどもあるといわれ、その豊かな水で発展してきた町でもあった。

その恩恵の一つが、この伏見に蔵の立ち並ぶ酒造業である。

ゆっくりと息を吸う。

肺の中に満ちる空気は静かで、濃く水が香る。そうしてほのかに甘い米麹のにおい。

この酒造りの町のにおいだった。

高校一年生の秋に、ひろは母の住む東京からこの伏見に越してきた。それ以来、大学院生である今まで、祖母の家である蓮見神社で過ごしている。

ひろは東京で暮らしていくことができなかった。

やむことのない喧騒、くるくると移り変わる人間関係、鮮やかなネオンライトがまぶしい華やかな空気と、目まぐるしく流れ続ける時間に、どうしてもついていくことができなかったのだ。

母と離れ、祖母とともにこの土地で暮らすようになって、もうすぐ八年になる。

米麹のにおいや頰を撫でる季節ごとの風、穏やかな人々や柔らかく心地よい京都の言葉にも、すっかりなじんでしまった。

ここがわたしの生きる場所なのだと、今はそう思うことができる。

ひろは傍らに置かれた盆に手を伸ばした。

朱塗りの盆にはポットと急須、湯飲みが三つ。艶のある木の菓子鉢には、ふっくらとした花びらの形をしたそばぼうろが、どっさりと盛られている。

さらりと乾いた質感のそれは、口に入れるといっぱいに香ばしさが広がる。ほんのり甘くどこか素朴なこの菓子はひろの好物だった。

「――なんとも傑作だな」

ひろの膝(ひざ)の上に、するりと這(は)い上がるものがあった。

白蛇(しろへび)だ。

体の大きさは三十センチほど、透き通るような白い鱗(うろこ)は、冬に手水鉢(ちょうずばち)に張る美しい氷の色によく似ている。瞳の色は夜空に浮かぶ月と同じ、金色だ。

「それでプロポーズを先にばらされた跡取りは、ふてくされてどこかで泣いているのか？」

からかいを含んだその声は、たしかに白蛇から聞こえるのだった。

かつて伏見の南に広がっていた、巨椋池(おぐらいけ)と呼ばれる大池に棲(す)んでいた水神である。本質は龍(りゅう)の姿を持ち、普段はこの小さな白蛇の姿で過ごしている。

幼いころ、断水のあった灼熱(しゃくねつ)の夏。ひろは蓮見神社の境内(けいだい)で、ひからびそうになっていた小さな白蛇を助けて名前をやった。

白蛇のシロ。

それ以来ずっとひろのそばには、水神であるシロの加護があった。

人ならざるものたちの声を、強く聞くことができること。

そしてひろに危険が迫ると、水がひろを守ってくれるのだ。

ひろを守ってくれるこの小さな水神は――今はひろの大切な友人だった。

縁側でくつろいでいるといつも、どこからともなくやってきて、膝の上に這い上がって一緒に茶などを楽しむのである。

今は、拓己が蔵人たちの裏切りで、プロポーズをあらかじめネタばらしされてしまったという話に、白い体を震わせながらけらけらと笑い転げていた。

「──だれが泣くか」

むっとした声とともに、後ろでぱたりと障子が閉じる音がした。振り返ると、拓己がスマートフォン片手に眉を寄せている。

そのままひろの横に座って、湯飲みの茶を一気にあおった。

「拓己くん、電話は大丈夫だった？」

「ああ、大丈夫。仕事の相談やて。……閑散期の休みやいうのに」

軽く言うけれど、ずいぶんと長い電話だったし疲れているようにも見える。きっとややこしい相談だったのだろうとひろは見当をつけた。

清花蔵の跡取りである拓己は忙しい人だ。

蔵を継ぐと決めてから数年、拓己は杜氏について仕込みの修業をしながら、社長である父から経営を教わり、営業にも奔走している。

仕込みを行わない夏にかけての閑散期は、同じ年若い経営者たちとイベントや企画を立ち上げることもあり、結局年がら年中走り回っているような状態だった。

スマートフォンを畳（たたみ）に投げ出した拓己が、両手を後ろについて空を見上げた。ほう、と息をつく。

つられるようにひろも顔を上げる。

空に燕（つばめ）が線を描くようについ、と飛んでいった。白い雲が高いところを流れていって、じれったくなるほどゆっくりと形を変えていく。

ちちち、と聞こえるのは庭の小鳥の声だ。風が吹く。ざわりと揺れる木々の葉擦れが耳に心地いい。

目を伏せたひろは、隣から注がれる視線にふとそちらを向いた。

拓己がじっとこちらを見つめている。

目じりがわずかに垂れて、口元は柔らかくほころんでいる。大切なものを慈（いつく）しんでいるようなそれに、ひろは赤くなった顔をあわてててそむけた。

「ひろのそれ、なおらへんなあ」

くすり、と笑うその声は、シロップにでもつけたように甘い。

ひろは自然のそばに寄り添うのが好きだ。風の音に、虫の声や鳥が身じろぐ小さな音に、季節の花の香りや若芽の萌（も）えるにおいに、夢中になってしまう。

空の色が朝から夜まで絶え間なく移り変わっていくさまなど、一日中でも眺めていられそうだった。

自然に心を奪われているとき、よくひろは、変な子だと言われてきた。

風や木や虫や鳥の声を聞いているのだとか、空の色を眺めているのだとか、そういうことを、ひろの周りはあまり理解してくれなかった。

けれど呆(あき)れながらもいつも、ひろが満足するまで待っていてくれたのが拓己だ。

「……それでもいいんでしょ」

照れ隠しにひろは、ふんと唇を尖らせた。

人より少し歩みの遅い自分のそばに、拓己はそっといてくれた。小さな手をつかんで前を歩いて、大切に道を示してくれた。

その手が安心すると知っているのは、そのころからだ。

拓己が、くしゃりと破顔した。

「ああ、ええよ」

縁側に足を投げ出して畳にごろりと寝転がる。そうして、ちらりとひろを見上げた。

「そういうひろがええ」

顔に熱がのぼるのがわかる。……この人は、ずるいのだ。

拓己の周りはいつも人であふれている。

それは面倒見がよくてだれのことも見捨てないからで——こうやって、優しさを口に出して伝えることができる人だからだ。

きっと赤くなっているであろう顔が恥ずかしくてうつむいていると、傍らで拓己が起きあがった。

「ひろ」

二人の間にあった盆がいつの間にか端に避けられている。スマートフォンなんて、滑らせた拍子に壁にぶつかって、ぱたりと無残にひっくり返っていた。

拓己の大きくてあたたかな手が、ひろの頰をなぞる。

こちらを見つめる瞳の黒は吸い込まれてしまいそうなほど深く、その奥にちらりと見えるものに、ひろは震えるほどうれしくなった。

この人の優しさはだれもが享受(きょうじゅ)することができる。

けれど緊張して震える手だとか、照れると耳が赤くなるところだとか。

瞳の奥にときどきうつる、どろりとした熱だとか。

そういうものを知っているのは、わたしだけだろうか。

目を閉じるのも忘れて、間近に迫る拓己の瞳の奥底をのぞき込もうとした——。

「──おっと大変だ、手が滑った」

　びょんっと、真横からシロが飛んできた。

「うわっ」

　拓己の顔にぶつかってべちんと痛そうな音がする。ぐらりと拓己の体が横にかしいで、ひろははっと我に返った。とたんに恥ずかしさが押し寄せてくる。

　畳に両手をついた拓己が、恨みがましそうにシロを見やった。

「……白蛇、おまえなあ」

「いやあ、悪かったな」

　ぴしっと美しく縁側に着地したシロは、するりとひろの腕から肩に上った。そこがシロの定位置だ。

「手ぇ滑ったて、おまえのどこに手があるんや。邪魔するな、白蛇」

「するに決まっている。いくらひろが嫁にいったからといって、そう簡単に手を出せると思うなよ。だいたいな──」

　シロはひろの肩の上でぴんとまっすぐになった。どうやら人間でいうところの、胸を張っているらしかった。

「ひろと結婚したいなら、まずはおれに挨拶(あいさつ)があるはずだろう、挨拶！」

しゃあっとシロの赤い舌がひらめく。

「ひろを幸せにしますとか、結婚させてくださいとか、娘さんをぼくにくださいとか、人にはそういうのがあるんだろう。おれは聞いていない」

そういえばこの神様、ここのところスマートフォンで昔の恋愛ドラマを見ていたな、とひろは思い出した。こう見えてシロは、人の営みの研究にも熱心なのだ。

「……いや、どういう立ち位置なんや、おまえ」

きらり、と金色の瞳を輝かせて、誇らしそうにシロは言った。

「ひろの友人だ」

シロにとってこの言葉がとても大切であることを、ひろはちゃんと知っている。

この小さな友人が愛おしくなって、ひろは思わずその手のひらですくい上げた。するりと頬が頬にすりつけられるのがくすぐったくて、くすくすと笑っていると、拓己ががしっとその体をわしづかんだ。

「放せ、跡取り。おれを気軽につかむな！」

「おまえこそ、ひろに勝手に触るな」

びちびちと暴れているシロと、不機嫌そうな拓己があれこれと言いあっているのをよそに、ひろは盆を引き寄せてポットから急須に湯を注いだ。

こうして二人と一匹で過ごすようになって、ずいぶんとたった。

穏やかな縁側でいつもの日常を過ごして――けれどずっとそのままではいられないことも、ひろにはわかっている。

どう、と強い風が吹いた。

砂利がからりと転がって、ポンプから零れ落ちる井戸水の滴が吹き散らされる。

ちゃんとわかっている。

旅立ちの日は、きっと思っているよりずっと近いところにある。

清花蔵のはす向かい、蓮見神社は小ぢんまりとした神社だった。小さな社と手水舎、赤い鳥居、境内には季節の草花がひしめきあっている。

その境内の端にひろと祖母が住む家がある。二階建ての古い家だった。

「――おばあちゃん、ただいま」

鳥居をくぐると、夕暮れの迫る境内で祖母が箒を握っていた。水守はな江である。ひろの後ろで拓己が頭を下げた。

「はな江さん、こんばんは」

「ひろ、おかえり。拓己くんも、いつもありがとうね」

ここ最近は時間が許す限り、拓己は蓮見神社までひろを送ってくれるようになった。徒歩にして一分もない距離だ。

「別に、大丈夫だって言ってるのに……」

唇を尖らせていると、拓己がこともなげに笑った。

「おれがひろと、ちょっとでも一緒にいたいから」

こういうことをさらりと言ってしまえるあたり、この人は本当にずるいのだ。ひろは気恥ずかしさから逃げるように祖母に駆け寄った。

「お掃除、わたしがやるよ」

「そう？　ほんなら、わたしは晩ごはんの準備やねえ」

箒を受け取ったひろは顔を輝かせた。

「おばあちゃんのご飯、久しぶりな気がするね」

「最近、忙しかったさかいねえ」

祖母が申し訳なさそうにまなじりを下げた。祖母もまた、忙しい人だ。

ひろの祖母は蓮見神社の宮司(ぐうじ)を務めながら、京都のあちこちから水に関する相談を受けていた。

京都は水の町だ。

紙に織物、染物に、仕出しに、酒造。仕事に水が欠かせないぶん、困り事も多い。あちこちから持ち込まれる水に関する相談事に耳を傾け、人の手が及ぶものかそうでないものか――。見極めてしかるべき場所につなぐのが、祖母の仕事だった。

ふだんは朝から夜まで出かけていることが多く、そういう日は、大学から帰るとひろは、はす向かいの清花蔵で夕食の相伴にあずかるのである。

清花蔵での食事は楽しいけれど、祖母との夕食もまた格別だ。

「ほんならひろ、お掃除頼むえ」

そう言って背を向けた祖母に、ひろはふいにどきりとした。祖母の背は、こんなに小さく、細く……弱々しかっただろうか。

灰鼠色の着物に、白髪をまとめて肩から垂れさせている。凛と背筋を伸ばした祖母は、いつも季節に合わせた着物を着るのが好きだった。

けれど最近、休みはいつもこの色だ。

歳を重ねるたびに少しずつ、祖母から色が失われているような気がする。

胸を押しつぶすような不安に、ひろは首を小さく横に振った。気のせいだからと思い込もうとしていた。

「――ああ、そうや」

祖母がこちらを振り返った。

「淳史さんが日本についたてさっき連絡あったえ。今週は東京の誠子の家やけど、末には予定どおり京都に来られそうやて。拓己くんと会うんも楽しみやて言うてたよ」

そのとたん、隣の拓己が目に見えて緊張した。

三岡淳史はひろの父、誠子は母である。

父はひろが幼いころから単身アメリカで働いている。ひろは東京のマンションに母と二人で暮らしていた。

しばらく前、母に拓己と結婚することを伝えると、すぐに父から連絡があった。休みを取って戻ってくるから、清尾家の家族と顔合わせがしたいということだった。

それを受け、今週末にひかえたその食事会に先んじて、蓮見神社でひろの両親に挨拶がしたいと申し出たのは拓己だ。

「……緊張するなあ」

祖母の背を見送りながら、ひろは一つ息をついた。拓己が怪訝そうにこちらを向く。

「なんでひろが緊張するんや」

「わたしもお父さんに会うの、久しぶりだから」

父と直接会ったのはいつが最後だろうか。アメリカで働いている父は、めったに日本に戻ってこない。いつも画面をはさんで通話をしているからか、父親であるのに、ひろにとってはどこかなじみが薄い人でもあった。

「おれも淳史さんとは、ほとんど会(お)うたことあらへんな。小さいころに神社で見かけて、挨拶したぐらいとちがうやろうか」

　拓己が首をかしげた。

「誠子さんはわりと時季ごとにこっち来たはったけど、親父も母さんも、淳史さんはあんまり見かけへんて言うてたな」

　たしかにそうだったか、とひろはうなずいた。

「わたしが小学生になるぐらいまでは、何度か来てたはずだけどな……」

　ひろがずっと幼いころは、父も正月や盆などの節目には、母とともに伏見へ来ていたのをうっすらと覚えている。仕事で海外に行くことが増えてからも、帰国の折にはそれなりに顔を出していたはずだ。

　けれどいつからか、父は京都に来なくなった。

　電話で祖母や、亡くなった祖父と話していたときは互いに朗(ほが)らかであったから、仲が悪いということはないのだと思う。

　ひろはため息交じりに続けた。

「お父さん……あんまり京都が好きじゃないのかもしれない」

今回父は、珍しくひと月も休みを取ったという。だがそのほとんどを東京で過ごし、京都に滞在するのは今週末の三日間だけだ。

もう少しこちらにいればいいのにと言ったひろに、電話の向こうで母が苦笑した。

──お父さんがね……あんまり、京都に長居したくないんだって。

ざあ、と境内を風が吹き抜ける。

夏の強い草いきれを感じる。夕暮れを少し過ぎたころ、朱は空の端に溶けて青い闇(やみ)が訪れる。

ぱたり、ぱたりと水のしたたる手水鉢の音。木の葉が擦れる音、吹き抜ける風のにおい。

「……好きになってほしいんだけどな」

ここはひろのすべてだ。母と住んだ東京よりずっと、ここがひろの心が落ち着く場所だと思っている。

父はどうしてこの場所が嫌いなのだろう。

ああ……でも、とひろは自嘲(じちょう)気味に笑った。

父が何が嫌いで何を好むのか。そもそもひろはあの人のことを、よく知らないのだ。

2

その日、西の空には絵の具のチューブから絞りだしたばかりのような、のっぺりと白く重い雲が陣取っていた。時間が過ぎるにつれゆっくりと灰色みを帯びて、どうやら午後からは強い雨になるようだった。

大学の授業が終わったあと、ひろは両親を京都駅まで迎えに行った。

父はどこかそわそわと落ち着かなさそうだった。いつも冷静で穏やかな人だったはずだけれど娘が結婚するとなると、やはり緊張するものなのだろうか。

家の客間は庭につながる窓が開かれ、心地よい風が通る。庭の池に湧き水の滝がさらさらと注いでいた。

台所で茶を用意しながら、ひろはちらりと客間を振り返った。

客間では父と拓己が向かいあっている。祖母がどこかはらはらとした様子で、それを見守っていた。

拓己はひろも見たことのないネイビーのセットアップで、夏の蒸し暑い気温の中でも、ドット柄のネクタイを首元までしっかりと締めている。

「相変わらず、ええ服着てるよねぇ」

台所の棚をあちこち開けながら、母が感心したように言った。やがて見つけた豆菓子を、ざらざらと小鉢にあける。

「たぶんまた、先輩からもらったんだよ」

拓己自身は服に頓着(とんちゃく)はしないらしいのだが、部屋のクローゼットの中にはブランドものの洋服が詰め込まれている。年上からも人気のある拓己は、高校生や大学生のころから社会人になった今でも、先輩たちのおさがりをあれこれ押しつけられているらしい。

豆菓子を一つつまんだ母が、くすりと笑った。

「あのセットアップは、うちのメンズラインの新作よ。さすが、そういうところそつがないよねえ、拓己くんは」

母は高級アパレルブランドのバイヤーである。そのことも知っていて買ったにちがいないと母は言った。

「……わざわざ調べたのかな」

服にあまり興味のない拓己が珍しい。そう言うと母が肩をすくめた。

「当たり前でしょ。相手のご両親に結婚の挨拶だもの。ちょっとでも気に入られるために、なんでもしていきたくなるものなのよ」

ひろはじっと、客間の拓己を見つめた。

朗らかな笑顔は少し引きつっていて、正座をした膝の上に腕をつっぱっている。がちがちに緊張しているのだと、ひろでもわかる。

老舗(しにせ)酒造の跡取りとして、幼いころから大人たちとかかわりあってきた拓己は、緊張すると言いながら、こういうことだってそつなくこなすのだろうと思っていた。

じわりと心の中があたたかくなる。

拓己だって必死なのだ。

新しい服を買って、言葉の一つひとつ、一挙手一投足に気を配って。

一生懸命、ひろの家族になろうとしてくれている。

それがうれしかった。

急須に茶葉を入れて薬缶(やかん)から湯を注ぐ。葉を蒸らしている間に盆に湯飲みを並べた。自分と拓己、祖母、それから父と母で、五つ。新しい家族の数だ。

いつか祖母が言ったことを、ひろはふと思い出した。

小さな一人用の土鍋が、この家には五つある。祖母とひろと父と母、それに亡くなった祖父を入れて五つだ。

それを使う日が来るのを、祖母はずっと心待ちにしていた。

湯飲みに茶を注ぎながら、ひろは母に聞いた。

「ねえ、お父さんって、京都が苦手なの？」

祖父はもういない。それは仕方のないことだ。けれど年に一度でも数年に一度でも、こうして皆で集まる機会を、これから持つことができないだろうか。

顔を上げると、母が困ったようにまなじりを下げていた。

「そうみたい」

「……どうしてか知ってる？」

いくぶん戸惑ったように視線を泳がせて、母はぽつりと言った。

「最初はそうでもなかったんだけどね。ひろが小学生のとき、迷子になったの覚えてる？京都の八坂(やさか)神社で、ほら、お父さんがいつも自慢してるでしょう」

「ああ、うん」

ひろはうなずきながら、冷蔵庫から包みを取り出した。紫色の不織布(ふしょくふ)で包まれていてずっしりと重い。

「あのあたりだと思うの、お父さんが京都に行かなくなったの。あっちでの仕事が忙しくなったからかもしれないけどね」

母が肩をすくめた。たしかにそのころ、父はアメリカに仕事の拠点を移し始めていた。日本にもあまり戻ってこなくなっていたころだ。

「何か、ここで嫌なことでもあったのかな」

「さあ。ここが息苦しいのかもしれないわ……わたしも、そうだった」

母が短く息を吸って、吐いた。金魚鉢の金魚が酸素を求めて、ぱくぱくと息をするのに似ていた。

母はここが窮屈で華やかな都会に躍(おど)り出た人だ。激しく速く、目まぐるしく移り変わるあの場所で、泳ぐように軽やかに生きていくことができる。

たぶん父もそうなのだ。

「……うん」

ずいぶん沈んだ声だったのだろう。母が小さく苦笑した。

「でもね。今は少しだけ、悪くないと思うわ」

それは慰めだろうか、本心だろうか。嘘(うそ)ではないと思うけれど、母は子どものころに使っていたはずの京都の言葉を、すっかり忘れている。

きっと彼女はここに戻ってくることはない。

それが悪いことだとひろは思わない。人にはそれぞれ歩く道や生きていく場所があると知っているからだ。それは親子でもきょうだいでも変わらない。

父と母は東京の華やかな世界で、ひろはたぶん、ここなのだ。

「わたしはここが好きだよ、お母さん」

母がほろりと笑った。

「うん。ちゃんと知ってるわ」

互いに知っているから、きっとひろと母は離れていても家族でいることができる。

だから父も、そうであればいいとひろは思う。

湯飲みと紫色の包みを盆に乗せて、ひろは客間に向かった。

父はどうして京都を避けるのだろうか。何か理由があるのだろうか。

それは――。

――一緒。きて。いっ、っしょ。

今父のそばで聞こえる、小さな子どもの声と、何か関係があるのだろうか。

どこかさびしそうなその声は、きっとひろにしか聞こえていない。

人ならざるものの声だった。

ひろと母が客間に戻ると、父が勢い込んでうなずいたところだった。

「悪くないと思うね。これからは、ノンアルコール飲料の開発は必須だ」

丁寧になでつけた黒い髪には、ところどころ白いものが交じり始めている。生成りのシャツに黒のズボン。フレームレス眼鏡の向こう、その目はやや垂れて丸みを帯びていた。父は歳より若く見られがちだ。

拓己が真剣なまなざしを向ける。

「うちだけだと、どうも考えが老舗寄りなので、外部の意見も入れたいて思うんですけど……いい人が見つからなくて」

「知り合いなら紹介できるが、たしかきみ、大学は経済学部だろう。学生主体で伝統産業との企画を考えているところもあるから、そっちに相談するのもいいんじゃないか」

なるほど、と拓己が何度も相槌（あいづち）を打つ。ずいぶん打ち解けたものだとひろがきょとんとしていると、その顔がぱっとこちらを向いた。

「ひろ、お茶ありがとう。うちのお茶菓子、どこ置いてあるかわかったか？」

「うん。冷蔵庫で見つけた」

客間の卓に盆を置く。母が並べた菓子鉢の横に、冷蔵庫から取り出しておいた小さな包みを添えた。紫色の包みをほどくと千鳥格子（ちどりごうし）柄の箱が出てきて、中からは香ばしいきな粉のにおいがする。

「わらび餅だ」

父がうれしそうに言った。箱の中は中央で仕切られていて、それぞれきな粉と抹茶の二種類のわらび餅が詰められている。今朝、拓己が河原町の百貨店で買ってきたものだった。

「ぼく、これが好きなんだよ」

「はい。ひろからそう聞いたので、喜んでもらえたらと思って買ってきました」

ひろは母とちらりと視線を合わせた。拓己のそつのなさは、こういうところだ。

つるりと涼やかなわらび餅と茶を楽しんで、ひろは交互に二人を見やった。

「お父さんと拓己くん、仲よくなったの？」

「そんな、仲が悪かったような言い方はやめてくれないか。ぼくはなにも、ひろと拓己くんの結婚に、反対するつもりで来たわけじゃない」

父が肩をすくめる。

「拓己くんとは、小さいころに会ったことがあるし、今、話していていい青年だと思った」

拓己が照れたような表情を浮かべた。

「ありがとうございます。ぼくもお義父さんとお話ができて楽しいです。清花蔵の今後の相談にも乗ってくれはって、ほんまに助かります」

拓己が自分のことをぼく、と言うのを聞いて、ひろはまじまじとその横顔を眺めた。これはどうやらよそ行きの拓己だ。

朗らかで人好きのする笑みを浮かべて、瞳だけは油断なくあたりに気を配っている。営業や仕事中の拓己は、こんなふうなのだろうか。

父が一つうなずいた。

「よかったな、ひろ。おめでとう」

その目じりに深い皺が寄っているのを見て、ひろは心がざわりと波立つのを感じた。久しぶりに会うからだろうか。父はずいぶん歳を取ったように見えた。当たり前だ。ひろは今年二十四歳になる。そのぶんだけ両親の時間も進んでいく。

ひろたちはほかの家族よりずっと、ともに歩んだ時間が短いのだ。

今になってそれがさびしく感じた。

「──聞いたで、ひろ」

拓己が言った。そのからかうような声色が今は救いに思えた。

「小さいころ八坂さんで迷子なって、お義父さんに助けてもらったんやて？」

「お父さん、またあの話したの？」

呆れたような母の向かいで、祖母がふふ、と目を細めた。

「淳史さんは昔からそればっかりやねえ、お気に入りの思い出なんやろ」

「ぼくの一番格好いい話なんですよ。何度してもいいじゃないですか。それに、拓己くんに話すのは初めてです」

「これから何十回聞くかわからないわよ」

気をつけなさいよ、と母が笑う。ひろはむすっと唇を尖らせた。

「……わたし、あんまり覚えてないのに」

覚えていない幼いころの話をくり返されるのは、なんだか恥ずかしいのである。それを知ってか知らずか、父はこの話を自分の英雄譚のように語るのだ。だからひろも、もうすっかり覚えてしまった。

——ひろが小学校にはいったばかりのころ。まだ祖父が健在だったころのことだ。

夏の、たしか終わりごろだっただろうか。

夏休みを伏見で過ごしたひろを、父が迎えに来た。母が仕事で来られなくなったからだ。そのころ父はアメリカと日本を行き来していて、秋からまた向こうに行くといったころあいだった。

父が蓮見神社に二日間滞在し、翌日には東京に帰るというその日、皆で八坂神社に行かないかと提案したのは、たしか祖父だ。

父に手をつないでもらって、京阪電車に乗って祇園四条駅で降りた。祖父母と父と自分。めったにない組み合わせでのお出かけが、特別な気がしてうれしかった。

祇園四条駅から東に十分ほど歩けば、正面に朱色の荘厳な門がそびえている。八坂神社の西楼門（にしろうもん）だ。

境内には屋台が出ていて、父にねだってフランクフルトを買ってもらった。ケチャップの赤色とマスタードの黄色が鮮やかで心が躍ったのを覚えている。

それからふと気がつくと、ひろは一人で知らない道にいた。手をつないでいたはずの父は、どこを見回してもいない。

つまるところ迷子だった。

どこかで川の音が聞こえていた。濃い水のにおいがしていたような気がする。風が吹くたびに、燃えるような色をした彼岸花（ひがんばな）がゆらゆらと揺れた。季節外れのそれがとてもきれいだった。

歩いても歩いても父が見つからなくて、ひろはとうとうその場にうずくまった。

膝を抱えてぐずぐずと泣いていると、ふいに影が落ちた。

そろり、と顔を上げる。汗だくの父が不安と焦燥を顔いっぱいに浮かべながら立っていた。ぎこちなく笑う。

見つけた、ひろ。迎えに来たよ。

「――あのとき、ぼくがひろを見つけたんだ」

蓮見神社の客間で、父が誇らしそうに言った。ひろはむすっと頬を膨らませる。

「だから何回も、ありがとうって言ったでしょ」

「何回でも言ってほしいのよ」

母がくすりと笑った。

拓己と祖母が慈しむように、ひろたちを眺めている。まるで普通の……いつも一緒にいる当たり前の家族のようで、うれしいような居心地が悪いような、奇妙な気分だった。

――仕事があるからと、祖母が席を外したときだった。それを見計らったかのように、父が口を開いた。

「ひろは今年度で、大学院も卒業だろう。そのあとはどうする、博士号まで取るのかい？」

「ううん、そこまでは考えてない。働くつもり」

父も母もずっと働いてきた人だから、きっとそこに反対はないだろう。問題はその先だ。

「わたしは、この神社と、おばあちゃんの仕事を継ぐんだ」

「……ひろ」

父の眉がぎゅうと寄った。たしなめるように続ける。

「……もう十分、好きな勉強をしただろう。大学に進学するとき、ぼくたちは反対したけれど結局ひろの好きにした。そろそろちゃんと将来を考えるべきだ」

ぐ、とひろは手のひらを握り締めた。

高校生のとき、進路について両親とこの話をした。そのとき不承不承認めてくれたのはきっと、ひろがまだ高校生だったからだ。

父も母も、卒業するころにはひろの気が変わると思っていた。それをわかっていて――向き合ったつもりで甘えて、先延ばしにしてきたのはひろだ。

「学費を出してくれたのは、本当に感謝してる。働いてちょっとずつ返したいって思ってる。でも、やりたいことは曲げたくないの」

「……お義母（かあ）さんの仕事は必要なものだと、ぼくも思う。伝統や文化の継承は、どこの自治体でも大きな課題だ」

でも、と父は続けた。

「そういう仕事はどんどん厳しくなっている。もう今は、お義母さんのような仕事がまかりとおった時代とはちがうんだよ」

腹の底が煮えた。

「そうじゃないよ」

観客に楽しんでもらうための興行でも、文化をつないでいくための資料でもない。祖母のそれは、地元で必要とされている仕事の一つだ。

スーパーでレジを打ったり、会社のシステムを管理したり、オフィスで電話の対応をしたり、そういう大切な仕事と何も変わらない。

「ひろ」

ため息交じりにそう言った父の、その顔がひろはあまり好きではない。聞き分けのない子どもを見るような目だ。いつも画面の向こうで、ひろのことを勝手に決めようとする。

ひろはずっと前に、大人になったのに。

「きみの人生はもう、きみだけのものじゃない。拓己くんに迷惑をかけるつもりか」

とっさに傍らの拓己を振り返ろうとして、ぐっとこらえた。

これはひろの問題だ。拓己はひろに甘いけれど、自分で戦わなくてはいけないときに、分を超えて手を差し伸べてくれることはない。

「結婚したって、わたしの人生はわたしのものだよ。拓己くんの人生だってそう。わたしたちはちゃんと二人で生きるんだ」

感情が高ぶる。気持ちと一緒にあふれるように涙が押し出される。悲しいのでも悔しいのでもなくて、やっとちゃんと向き合うことができた小さな達成感だ。

ずっと、いつか父と話さなくてはいけないと思っていたから。

ぐ、と服の袖(そで)で涙を払ったとき。ふいに静かな声が響いた。

「──ひろ」

縁側で白い蛇が鎌首(かまくび)をもたげていた。月と同じ金色の瞳が光る。

シロだ。

「それが、ひろを泣かせたな」

煌々(こうこう)ときらめく金色の瞳が父をとらえている。

シロは小さな白蛇の姿をしていても、大きな力を持った水神だ。いつもこうして、ひろを泣かせるものから守ろうとしてくれるのだ。

ひろはあわてて小さく首を振った。

ぱしゃり、と音がする。縁側の向こうには蓮見神社の庭が広がっていて、小さいながら湧き水が滝となって注ぐ美しい池があった。その水面(みなも)が、ぐるぐるとかきまぜられるように波立っている。

「……なに?」

母が眉を寄せた。彼女も蓮見神社の血を引いているから、シロの気配をうっすらと感じているのかもしれなかった。

ため息交じりに、拓己が立ち上がった。

「――そろそろ雨が降りそうですね」

縁側の掃き出し窓を閉めると、びたん、と小さな音がした。シロが尾で窓を叩いた音だとわかった。

拓己は父に向き直った。

「ぼくたちはまだ結婚を決めたばかりですし、ひろもこれから、進路に悩む時期だと思います。でもひろが何を選んでも、ぼくたちはちゃんと二人で進みます」

畳を踏んで戻ってきた拓己の、大きな手がひろの肩を叩いた。一人ではないのだと、そう言ってくれているような気がして、それが力になった。

両膝に手をついた父が苦い顔をした。

「……でもぼくは、ひろにはちゃんとした道に進んでほしい」

ずるいよ。喉(のど)から零れ落ちそうになるそれを、ひろは必死で飲み下した。

お父さんだってお母さんだって、いつも自由だった。

父はいつも画面の向こうで、母はずっと片手にスマートフォンを握っていて、わたしではないだれかと話していた。

自分たちは好きに生きて――わたしにだけそうやって道を敷くのだ。

それが親の役目だとわかっていても、納得がいかなくて、理不尽だと思うのが子どもだ。

ひろはぐっと唇を結んでうつむいた。それ以上何を言えばいいかわからなくて、拗ねたように黙り込んでしまう。

重苦しい空気から逃げるように両親が立ち上がった。見送りに出る拓己の背を、のろのろと追う。

せめて玄関までは行かなくてはと思った、そのときだ。


――ねぇ……いっ、しょ。


ひろははっと顔を上げた。あの声だ。ひろが拾うことのできる、人ならざるものの声だった。思わず拓己の服の袖をつかんだ。

「ひろ？」

「……声が聞こえる。子どもの声、お父さんのそば」

小声でそう言うと、拓己がわずかに眉を寄せた。

「いつもの声か」

「うん……」

ひろがうなずいたとき。父がふいにこちらを振り返った。

「だれかいたか？　声が、聞こえなかったか」

ひろと拓己はそろって顔を見合わせた。困惑を顔に出さずにすんだのは、拓己がことさら冷静でいてくれたからかもしれない。

「ああ、近所の子が、遊んでいたかもしれませんね」

「……そうか」

父の声が妙に不安そうに揺れている。ひろは目を細めた。

どうして父は、この声を聞くことができるのだろう。

さっきシロの声が聞こえたとき。母が反応していたのは、彼女も蓮見神社の血を引いているからだ。

けれど父はそうではない。だからシロの声や気配に気づいている様子はなかった。

ひろのそばにはいつだって、人ならざるものたちの声があふれていたのに、父がそれに気がついたことなど、これまで一度もなかったはずだ。

ではどうしてこの子どもの声にだけ、父は反応するのだろうか。

玄関先で拓己に笑顔を向けている父を見て、ひろは目を見張った。

その手にするりと何かが絡みついたからだ。幼い子どもの手だった。まるで、父と手をつないでいるように見える。


——おかえり。一緒に、行こう。

弾んだその声は、父をどこか遠くに連れて行ってしまうような気がした。


夏の雨は重く力強い。空から零れ落ちる一つひとつが大粒で、木の葉にあたるとばちばちと弾けるような音をたてている。

その夜、風呂から上がったひろは二階の自分の部屋に入るなり、はっと息を呑んだ。

閉めたはずの窓があけ放たれている。

その向こうには、雨の夜闇が広がっていた。

空から投げ落とされる硝子玉(ガラスだま)のような雨粒が、闇に消えるようにずっと遠くまで連なっている。風はない。草いきれの混じった青いにおいがした。

窓枠に背を預けてぼんやりとその光景を眺めていた人が、こちらに視線を向けた。

すらりと細長い体軀(たいく)、銀糸を束ねたような髪が肩にかかっている。肌の色は抜けるように白く、ひやりと氷のように冷たい気配がした。

銀色の睫毛(まつげ)に縁どられた目が瞬(まばた)く。その向こうにのぞく瞳は、月と同じ冴(さ)え冴(ざ)えと輝く金色だ。

人の姿のシロだった。

「……びっくりした。人の姿で会うと、拓己くんに怒られるよ」

水神であるシロは、雨が降るとその身を人の姿に変えることができる。裸足(はだし)の足が、ぺたりと畳を踏んで身を起こした。窓を閉める。薄い唇が笑みの形に弧(こ)を描いた。

「跡取りなんかほうっておけ。好きに会ってもいいし、いつだってそばにいるんだ」

腕を引かれて隣に腰かけさせられる。体温のない冷たいその手が、人ならざるものだとありありと思わせてくる。

「おれはひろの友だちだからな」

愛おしむように、誇らしいかのように、シロは静かにそう言った。

ひろははっと顔を上げて傍らのシロを見た。

「シロ、聞きたいことがあったんだ。お父さん、あの子どもの声が聞こえてたよね」

「……そうみたいだな」

それが拗ねているように聞こえて、ひろは思わず苦笑した。シロにとっては、たとえ父であれ、ひろを傷つけるものに変わりはないのだろう。

「前にシロが言ってたの、思い出したんだ。……あの世に近くなった人には、シロたちが見えることもあるって」

高校生のころだ。ひろは青柳昂（あおやぎすばる）という、拓己の元同級生とかかわることがあった。亡くなってしまった、彼女の父についての相談だった。

昂の父は普通の人であったが、死に近づくにつれて人ならざるものを見、その声が聞こえるようになったのだ。

そのときシロが言った。

死に近づいた人間は、そういう境目があいまいになっていくことがあると。

「お父さんはこれまで、わたしみたいに声を聞いたり、不思議なものを見たりすることはなかった。……お父さんも、もしかして――」

考えるだけで背筋が凍るようだった。

ひろの手が震えていることに気がついたのだろう。シロが不承不承つぶやいた。

「そういうときは、多少なりとも気配が朧（おぼろ）になるものだが、あれはちがう。だがどこかで、ひろの父親が境目に触れたのはたしかだ」

人とそうでないものの世界の狭間に、父は足を踏み入れたことがある。そういう意味に聞こえた。あまりピンとこなくて問い返した。

「それって肝試しとか、怪談スポットみたいなところに、お父さんが行ったりしたかもしれないっていうこと?」

父が好んでそういう場所に赴く人とは思えない。

シロがうなずいて続けた。

「それかあの子どもに、ことさら強い縁があるかだ」

ふいにひろは思った。

「……お父さん、だから京都に来たくなかったのかな」

駅に迎えに行ったとき、落ち着かなさそうにそわそわしていたのも、あの声が近所の子どものものだと拓己が言ったとき、妙に不安そうだったのも。

もしかすると父は、どこかで気がついているのかもしれない。

この不思議は、自分が京都にいるから起きるのだ。

「ここで、何かあったんだ……」

あの声は小さな子どものものだった。父と手をつないでどこかに誘っているように、ひろには見えた。どうしてあれは父のそばにいるのだろうか。

考え込んだひろの頭を、シロの大きな手がくしゃりと撫でた。

「ひろが気にすることじゃないだろう。あれが執着しているのは、ひろじゃない」

おまえが困ることじゃない。そう言わんばかりだった。

「だめだよ。わたしのお父さんだから」

あの声からは恐ろしいものの気配はしない。けれど父が何かに巻き込まれていることはたしかだ。だからひろは助けなくてはいけないのだ。

金色が光を帯びる。

「ではどうしてひろは泣きそうだった？　父親なら娘を大切にするはずだ」

「大切にしてくれてる。だから……あんなふうに喧嘩しちゃうんだよ」

親の愛はたいてい、子どもたちにとって少し窮屈なものだ。

「ふうん、そういうものか」

あっさりとそう言ったシロは、すっかり興味を失ったように肩をすくめた。

「いい、ひろの好きにすればいい」

銀色の睫毛に縁どられた目の奥で、硬質な金色が蜂蜜のようにとろりととろける。愛おしいものを見るようなそれがときどき、ひろは恐ろしく思える。

「ひろが笑っていれば、それ以外はどうだっていいんだ」

シロがひろを、とても大切にしてくれていることを知っている。それが人で言う〝大切〟よりもっと重く深いことも。

言葉にするならそれは執着だ。

シロはかつて、京都の南に広がる広大な池、大池の主であった。人がここを都と呼ぶより古くからそこにあり、浅く美しい池にはさまざまな生きものが棲みついていた。

春は萌黄(もえぎ)色の水草が揺れ、夏には白や紅や朱の混じった色鮮やかな蓮(はす)が咲き乱れ、秋の夜には黄金の月が冴え冴えと水面に輝き、冬は雪が舞い散る音が聞こえるほどの静寂が支配する。

その美しい場所に、シロは強大な力を持つ水神として棲んでいた。

そのころまだシロは少し自由で、白蛇にも人にも、そして荘厳な龍にも自分の姿を変えることができた。

やがて大池は人の営みの中で大きく形を変えられることになる。削られ、曲げられ、川から離され、そのたびにシロは力を失っていった。

そうしてとうとう、大池は埋め立てられた。

今そこは開発され住宅地になり、道路になり、田畑になり、学校になった。シロは小さな蛇になって、地中にたくわえられた地下水の中で眠っていた。

それをすくい上げたのがひろだ。だからシロはひろに加護を与えた。

ずっと長く、ひろのそばにいられるように。

――長い時を生きる中で、シロは大切な人たちの心に触れてきた。それは故郷を焼け出され人に恋をした山犬や、この世の春を謳歌した天下人であった。

彼らと、そしてひろと過ごすうちに、シロもまた人の心を、そして――人の世界の広さを知るようになった。

今シロは、また少し自由になった。

ときおりどこかに出かけては、ひろにその話をしてくれる。大池と京の都にずっといたシロは、それが楽しくて仕方がないようだった。

けれどシロは、いつも必ずひろのそばに戻ってきて、そうして言ってくれるのだ。

「おれがひろのそばにいる。だからひろは安心して、好きにすればいいんだ」

と、そう言っているように聞こえたから。

金色の瞳の奥が揺れている。迷い子が祈るようなその声色にひろは唇を結んだ。

「……うん」

いつしかそれが当たり前になって、すがるように差し伸べられる手のひらに安心している自分がいる。

さびしいからと、この手を放すことができないのは。

わたしかシロか、どちらなのだろう。

3

——父がいなくなった。

そう言って清花蔵に母が駆け込んできたのは、翌日、土曜日の夕暮れ時だった。

「いなくなったって、いつから?」

ひろはさやえんどうの筋を取る手を止めた。午前中は研究室に顔を出していて、午後からは清花蔵の台所を手伝っていたのである。

清尾家との食事会は明日。一日空いた今日は、父も母もそれぞれ自由に過ごしていたはずだ。

「わからないの。さっき淳史さんに連絡したんだけど、電源が入ってないか、電波が届かないところにいるって」

スマートフォンを片手に母が唇を結んだ。

「どうしよう、ひろ」

「――ちょっと落ち着いて。座ったらどうえ、誠子さん」

ほろりと柔らかな声がした。拓己の母、実里（みさと）だった。

母とは実里が清花蔵に嫁いできてから、ご近所同士の顔見知りだ。母が実家に戻ってくると、二人でお茶をしたり話したりしているようで、存外相性は悪くないのだろう。

母は何度かうなずいて、ため息交じりに台所の椅子（いす）に腰かけた。

しばらくして実里が出してくれたのは、爽（さわ）やかな香りの煎茶（せんちゃ）だった。一口すすって、母はそれで少し落ち着いたようだった。

「ありがと、実里さん」

母があいまいな笑みを浮かべたのを見て取って、実里がぽん、と手のひらを合わせた。

「わたし、お店からお茶菓子取ってくるわ。近所の酒屋さんにもろたおいしいのあるんえ。ちょっと待ってて」

清花蔵は、表側は道路に面した店舗になっている。

自分がいると話せないことがあると思ったのだろう。エプロンを折りたたんで椅子にかけると、実里は笑顔のまま台所を駆け出していった。

それを見送って、ひろは母に向きなおった。

「お父さん、今日はどこ行ったの？」

「買い物。仕事の人にお土産を買いたいって」

内心首をかしげた。父が朝から買い物に行って、連絡がつかないからといってあわてることだろうか。父も母も、これまでアメリカと東京で離れて暮らしていて、いまさらしばらく電話がつながらないくらいで、気にするような人たちでもない。

ずいぶんためらって、母が口を開いた。

「……気のせいだと思うんだけど」

妙な前置きをして続ける。

「淳史さんのそばに、昨日……だれかがいたの」

昨日、父と母が泊まったのは蓮見神社ではなく、京都駅近くのホテルだった。父が夜中に仕事仲間と通話をするというので、祖母に気を遣ったのである。

明け方、母がふと目を覚ますと、父は隣のベッドでちょうど寝入ったころあいだった。窓辺のテーブルにパソコンを開いたまま、半分残されたままのコーヒーのにおいがした。

遅くまで話していたようだから、朝はゆっくり起こそうかと考えていたときだ。

薄い掛け布団の上に投げ出された父の手に、そっと触れるものがあった。

「たぶん子どもぐらいの……ほんとに小さな手だった」

見えたのは手だけだ。すぐに消えてしまったから、最初は気のせいだと思った。

「でも淳史さん、こっちに来てからおかしいの。急に振り返ったり、声が聞こえたって言ったり……だれかがそばにいるみたい」

母はそこで息をついた。手を温めるように湯飲みを抱えて、ぎこちなく笑顔をつくった。

「……ううん、気のせいだわ。わたしの気にしすぎね、きっとすぐに帰ってくる」

自分に言い聞かせるようだった。

「お父さん、どこまで買い物に行ったの」

「河原町。ついでに——八坂さんによってくるって」

八坂神社、とひろは思わずつぶやいた。

京都に来てから、父はあの子どもの、人ならざるものの気配に気がついていた。だからこの土地を忌避(きひ)していて、それは父がことさら、あの子どもとかかわりがあるからかもしれないと、シロは言った。

父が京都に長居したくないと言っていたのは——ひろがあのとき迷子になってからだ。

ひろはガタリと立ち上がった。

始まりは、あそこだ。

淡い記憶の向こうに、赤い色がゆらゆらと揺れている。彼岸花だ。

風に揺らぐ炎のような、季節外れの花、濃い水のにおい、思い返せばひろが迷子になったあの場所は、はたしてどこだったのだろう。

「……わたし、行ってくる！」

椅子にひっかけてあったパーカーをひっつかむ。テーブルの上に投げ出されていたスマートフォンをポケットに突っ込んだ。

「ひろ！」

母の声を背に台所を駆け出すと、ちょうど実里とすれ違った。

「ひろちゃん、どっか行くん？」

「はい――お父さんを、迎えに行ってきます」

父はあのとき、迷子になったひろを迎えに来てくれた。だから今度はひろの番だ。

京阪祇園四条駅は観光客でごった返していた。電車を飛び降りて階段を駆け上がる。改札を抜けたところで拓己が手を振っていた。

「お仕事中だったのにごめんね」

「ええよ。ちょうど終わったところやった」

電車の中で連絡をしたとき、拓己は得意先である錦小路通の居酒屋に、酒を卸しに行っている最中だったそうだ。

「お義父さん、まだ連絡ないんか？」

階段を上がると南座の横につながっていた。

四条通に向かって左手には四条大橋が、その下には鴨川がとうとうと流れている。夕日の沈んだばかりの空には、青みがかった夜が訪れようとしている。

「うん。……電話してもつながらないし、メッセージも返ってこないんだ」

鴨川に背を向けて歩きながら、ひろはぽつぽつと話した。

父は京都にいるときに、あの子どもの気配を感じているかもしれないということ。だから京都に来るのを嫌がっていたのだろうということ。その原因は、八坂神社で迷子になったひろを、迎えに来てくれたときからではないかということ。

あの幼い子どもは——父と、どこかに行きたがっているということ。

右手に花見小路が見えた。

このあたりの祇園一帯は、京都有数の観光地だ。祇園南には花見小路や歌舞練場が、祇園北には白川が流れ、春には美しい桜並木を見ることができる。

そして正面には、朱色鮮やかな八坂神社の西楼門がそびえていた。

門を前に道を南へ折れる。すぐに東に曲がると、神社の正門である南楼門が見えた。

そのほど近くの路地を進む。

「小さいころに八坂神社に来たとき、迷子になったのはこのあたりなんだ」

あのとき境内から抜け出したひろは、南楼門を通ってこのあたりまでやってきた。そこまでは覚えている。ふと気がつくと、ここから知らない細い道に迷い込んでいたのだ。

目の前は青々と葉をつけた生垣がずっと連なっているばかりだ。その下、生垣の下に半ば埋まるようにして、一抱えほどの四角い石が鎮座していた。なにかの石碑(せきひ)のようだった。

吹き寄せられた枯れ葉や木の枝を払うと、石の左右に薄く平たいくぼみが彫られているのがわかる。ずいぶん長い間ここに置かれているようで、雨に磨かれてなめらかな光沢をもっていた。

「……覚えてる。道の入り口に大きな石があった」

そばに庭もないし、転がってきたにしては形が人工的だ。だれかがここに置いたのだろうか。そうだ……あのときも、同じことを思ったのだ。

道路の隅(すみ)にぽつりと置かれたこの石が不思議で、しゃがんでじっと見つめていた。

「……あれ」

ぱちり、とひろが目を瞬(またた)かせた瞬間だった。

闇がふ、と開けたようだった。

気がつくとそこはたしかに道になっていた。左右に生垣が連なる細い道で、先は見通すことができない。夜との境目の青い闇が、こちらにひたりと迫ってくるようだった。

拓己が引きつった声で言った。

「今……ここ、こんな道やなかったよな」

ひろは息を呑んでうなずいた。

この道は——今ここに開いたのだ。

ごそり、とひろのパーカーのフードがうごめいて、シロがひょいと顔を出した。

「ここか、ひろ」

拓己が眉を寄せる。

「白蛇、来てたんか」

「当然だろう。おれが、ひろを一人にするものか」

ふん、と胸を張ったシロが、ひろの肩で金色の瞳を輝かせた。

「……ここは境目だ」

「境目？」

ひろが問い返すと、シロが小さな頭を縦に振った。

「ときどき開いてそばにいるものを引き込む——人が言う、神隠しというやつだ」

ひろと拓己は、思わず顔を見合わせた。

「じゃあ小さいころのひろは、迷子やなくて……ここで神隠しにあったいうことか」

――一緒、に。きて。


遠くで聞こえるその声に、ひろはぐっと唇を結んだ。

幼いころ忘れてしまった記憶が、開かれていく。

そうだ。あのときも、たしかにこの声を聞いた。

シロと出会う前、水神の加護はなく、今より人ならざるものの声を聞く力は、ずっと弱かった。

それでもひろも蓮見神社の血を引く子だ。自分を呼ぶか細い声を拾って、そうして境目に入り込んだ。

青い夕闇の道に、燃えるような彼岸花が揺れている。

あの日――あの夏の終わり。ひろはたしかにこの光景を見たのだ。

「……それで神隠しにあったひろを、淳史さんが迎えに来た」

拓己の言葉に、ひろはうなずいた。

父もあのときこの境目に足を踏み入れた。そして何かと出会い別れ、それは今も父を呼んでいる。たぶんこの道の向こうで。

「この先に、お父さんがいる」

彼岸花の揺れる道を進もうとして、腕をつかまれた。拓己だ。

「待て、ひろ。そのときは、淳史さんとひろはどうやって帰ってきたんや？」

「覚えてないよ。たくさん歩いたような気がする、っていうぐらい」

迷いながら歩いていたような覚えがあるから、実のところ父も、道はよくわかっていなかったのだろうと思う。だから帰り道はわからない。

「でも迎えに行かなくちゃ」

「やめておけ」

ひろの肩の上からシロのひどく冷たい声がした。

「戻れなくなるぞ」

目の前の道は、その奥から青い闇がずるりと溶け出してくるように見えた。その闇の道を縁どるように、炎の色をした彼岸花だけが、ゆらり、ゆらりと揺れている。

それがいっそう美しく見える。美しいものは恐ろしい。

つかまれた腕に力がこもる。拓己がこちらを見つめていた。

「はな江さんに相談してからにせえへんか。もしおまえが戻ってこうへんかったら――」

さっと夜のとばりが下りるように、その瞳が薄暗く染まる。それは恐怖だ。

こんなときなのにうれしくなった。うぬぼれでなければ、ひろを失うかもしれないと、この人は恐れている。

拓己はひろにとって大切な恋人であり婚約者で、でもそのずっと前から近所の頼れる大人のお兄さん、だった。理性的で優しくて手を引いて導いてくれる人だ。

だからこの人の凪(な)いだ心を、自分が乱すことができるのがうれしいと思う。

そういう自分勝手な浅ましさを結局、恋と呼ぶのだと、もうひろは知っているのだ。

「大丈夫だよ」

ひろは確信があった。この人が、ここで懸命に自分を待ってくれているとわかるから。

その想いをたどって絶対に戻ってこられる。

「自信あるよ。拓己くんがこっちで待っててくれるなら、ちゃんと戻ってこられる」

「ひろ!」

そっとその腕に、ひろは自分の手を添えた。

「絶対に戻ってくる。だから行くよ」

行かせて、でも、行きたい、でもない。

ひろが、行くのだと自分で決めた。だから折れない。

ため息が聞こえて、ひろの手を伝ったシロが、拓己の肩に上がった。

「いってこい、ひろ。おれたちがこちらで待っていてやる」

ひろはうなずいて、一人と一匹に背を向けた。拓己の手がすがるように宙を泳いだのが視界の端に見えたけれど、気づかないふりをした。

足を踏み出す。爪先にまとわりつくように青い闇がぞろりと動いた。振り返った先にはきっともう道はないのだとわかった。

あとは前に進むしかない。

4

揺れる彼岸花の道は、アスファルトからいつの間にか土に変わっていた。

すでに夕日は沈んでいたはずなのに、見上げるとここはまだ、べったりと塗りこめられたような朱色が空を彩っている。

息を吸うと濃い水のにおいがした。かすかに水音が聞こえているから、川が近いはずなのに、どこにも見えなかった。

右も左も深い生垣に遮られていて、その葉は風が吹いてもぴくりとも動くことはない。

ひろは立ち止まって隙間から何が見えるのか、じっとのぞき込んだ。葉の影が折り重なるその向こうには——ただ青い闇が揺れている。

ぞっとして、ひろはあわてて生垣から離れた。

手のひらを握り締めて、また一歩前に進む。葉の隙間から道の端から、じわり、とにじむ青い闇から逃げるように。

ここはたしかに、人ならざるものの場所だ。

——この道を父と歩いたことがある。

そんな場合でもないのに、ひろはなんだか懐かしくなった。

父と出かけることができるなんて、とても珍しかった。フランクフルトまで買ってもらって、はしゃいで浮かれて、八坂神社の境内でひろは言ったのだ。

このままずっと、お父さんと一緒にいたい。

そのころ父は、ちょうどアメリカと日本を行き来していた。ひろは父と離れるのがさびしくて、悲しくて。

でも忙しい父を困らせてはだめだと言われてきた。そのひろの淡い願いだった。

ぴたり、とひろは足を止めた。

そうだ、それで父の困った顔を見て、その願いがかなわないのだと知ったのだ。

さびしいと言えば困らせる。だからただ泣いて、ひろは境内から駆け出した。そしてここに迷い込んだのだ。

……なんだ、今もそう変わらない。

小さく嘆息して、また一歩踏み出す。

自分の意見を聞き入れてもらえなくて、苛立って拗ねて。これでは、駄々をこねている子どもと変わらない。

でもそれは、ちょっとお父さんのせいでもあるよ、とひろは唇を尖らせた。

長い間、画面をはさんでばかりで、一緒に過ごした時間はほかの親子に比べればずっと少ない。両親とひろはきっとまだ、つたない親と年端もいかない子どもなのだ。

だからもっと互いに言葉を尽くさなくてはいけなかった。

どうして夢を持ったのか。どうして祖母のあとを継いで、この仕事をしたいのか。

もっと話さなくてはいけないのだ。

ふと生垣の先にたたずむ人影を見つけて、ひろはほろりと笑みを浮かべた。

「――お父さん」

視線の先で父が顔を上げた。不安に泳いでいた目が丸く見開かれる。

「……ひろ」

「見つけた」

ぱたぱたと駆け寄ると、父がほっと息をついた。首筋に汗が玉を結んでいる。

「八坂神社から、知らない道に迷い込んでしまって……スマートフォンも調子が悪くて困っていたんだ」

「うん。そうじゃないかと思って、迎えに来たの」

ちらりと、ひろは父の足元を見下ろした。小さな手がぎゅっと、父のズボンをつかんでいる。肘(ひじ)のところまでまくれあがっているのは、着物の袖だとわかった。おずおずとうかがうように、青い闇に呑まれた顔が父を見上げた。

——い、っしょに。

ふと父が顔を上げた。あたりを見回して眉を寄せている。今の声が聞こえたのかもしれないと思った。

「お父さん？」

「……なんでもない」

なんとか、といったふうに、父はぎこちない笑みを浮かべた。気のせいだと思い込もうとしているようだった。

「──大丈夫だよ。悪い子じゃないと思う」

ひろがそう言うと、父は一瞬固まった。自分の周りをぐるりと見やって、それから驚愕(きょうがく)や焦燥や……ほんの少しの諦(あきら)めが瞳に揺れたのがわかった。

「……わかるのか」

「うん」

ひろと父が歩き出すのに合わせて、ゆらりと彼岸花が揺れた。

一向に景色の変わらない生垣の道を、ひろと父は隣り合って歩いた。幼いとき、めいっぱい上を向いてもずっと遠かった父の顔は、今はすぐそばにある。

ひろは大人になった。

しばらく口をつぐんでいた父が、やがてほう、と息をついた。

「だからだったんだな」

こちらを見下ろす瞳はまだ困惑に揺れながら、けれど懐かしそうに細められている。

「あのときも、本当は帰り道はひろが見つけたんだ」

幼いとき、迷い込んだひろを父が迎えに来てくれたときだ。

「必死でひろを探していて、気がつくとここにいて。おまえを見つけたはいいけれど、歩いても歩いても、知っている道にたどり着かなくてね」

そのときは、父はここが人ならざるものの場所だということも、知らなかったのだろう。

「帰り道を見つけたのはひろだ。歩いているうちに分かれ道があって、ひろが指したほうに歩いたんだ。そうしたら、知っている道につながっていた」

びくり、とそのとき父の肩が跳ねた。父の右手をだれかがつかんでいる。それが人の子どもではないことを、もう父もわかっているはずだった。

――一緒、に……。

おずおずと父が、その子の手を握り返した。たとえ人ならざるものであっても、幼い子どもの手を放すことをためらったのだ。

「拓己くんは知っているのか？　ひろが、こういうものが見えることを」

「うん。たくさん助けてもらった。今日も一緒にお父さんを探しに来てくれて、今はあっちで待っててくれてる」

「……なら、いいんだ」

父とひろが進むたびに、小さな足音が遅れてついてくる。

ぺたり、と小さな足音に合わせて、青い闇の中から草履をはいた幼い足が伸びる。

ぺたり、ぺたり。

そのたびに、心なしかどこかで流れる水の音が、ぐっと近くなるような気がした。

「……ぼくが誠子と結婚したとき、うちの家は、おかしいかもしれないと言っていた」

父と母が出会ったのは東京だったという。

東京の大学を卒業した誠子は、そのままアパレル系の会社に就職した。丸の内の路面店に勤務していたころ、一つ年下の淳史がそこにスーツを買いに来た。それが出会いだった。

「とても格好いい女性だと思ったんだ」

一つ年上であるだけなのに、自分より何倍も大人に見えた。いつも潑剌としていて、背筋を伸ばしてピンヒールで颯爽と歩いていた。

きらびやかな都会の街に負けないほど、その女性はきらきらと輝いて見えた。

付き合い始めたのは淳史が就職して最初の年。それから数年ともに過ごして、結婚しようと言ったとき、誠子はためらったように言った。

うちの家は少しおかしな家かもしれない。それでもいいのかと。

「まさか拝み屋の類だとは思ってもみなくてね。誠子はそのことをあまり話したがらなかったし、ぼくも正直たいして信じてもなかったんだけど……」

ひろはまっすぐに、父を見つめた。

「わたしはいい加減な気持ちで、こういうものとかかわろうと思ってるわけじゃないよ」

ここは画面の向こうでもないし、ひろと父にはちゃんと言葉がある。

「ずっと人のそばにいて人とともに生きてきて、神様になったり伝説になったり昔話になったり——歴史になったりしたもののことを、わたしはもっと知りたい」

目の前がゆらりと揺らいだのがわかった。ふと空を仰ぐ。塗りこめられたようだった夕暮れが、ゆっくりと夜に向かっているのがわかった。

風が強くなる。水の音はすぐそこに迫っていた。

「そうしてできれば、ともに生きていけるように手伝いたい」

ひろは人ならざるものの声を聞くことができる。シロと出会って、その力は強くなった。シロと拓己と、これまで出会ったたくさんの人や、そうでないものたちと過ごす中で、ずっと考えてきた。

この力を持つわたしの役割はなんだろう。

「ときどきは線を引かなくちゃいけない。ときどきは手を取り合っていけると思う。みんなが仲よくしなくちゃいけないってことじゃなくて……それぞれが生きていける場所を守りたいって、そう思う」

ふと父が立ち止まった。振り返ると、なんだかまぶしいものを見るような目で、こちらを見つめていた。

「……知らなかったんだな」

つないだ小さな手を、父がきゅっと握り締めたのがわかった。それはかつての、幼かったころのひろを思い出しているのかもしれなかった。

「あのころのひろは、本当に小さくて、手なんてつないだら、握りつぶしてしまうんじゃないかと、ひやひやするぐらいで……」

「うん」

あれから、ずっと時がたった。

「ぼくは、きっと知らなかったんだ」

父の左手がためらったあと、ひろの頭をくしゃりと撫でた。

「ひろは、こんなに大きくなった──……」

「そうだよ。わたしは大人になった」

自分で自分のことを決められるようになった。わたしのことを、言葉を尽くして伝えられるようになった。

手を引いてもらわなくても、前に向かって歩くことができるようになった。

「……もう、結婚するのか」

一つひとつ、かみしめるように父が言う。

どうしてだかそれはひどくさびしく、夕空を抜ける風に似た透き通るような爽やかさを持っている。ともに歩むことができなかった時間を、惜しんでいるようだった。

「悪かったよ、ひろ。ぼくもお母さんも、ずっとひろを一人にした」

「うん……」

胸が詰まった。ひろはずっと一人だった。父も母も仕事ばかりを見ていた。

格好いい父が、母が、ひろは嫌いではなかったし、家族の形はいろいろあって、三岡家はこの距離感が一番いいのだということもわかるようになった。

それでも——たぶんずっと、さびしかったのだ。

「嫌だった。さびしかったよ。でも我慢した。仕事を大切にしてるお父さんもお母さんも好きだったから」

父はうなずいた。その顔を罪悪感でいっぱいにして、でもきっと父は何度でも同じ選択をするだろう。あのとき泣きじゃくったひろに、じゃあずっと一緒にいよう、とは絶対に言わない。

自分の心を曲げることも、子どもに優しい嘘をつくこともできない人だ。

それがひろのお父さんだ。

「ごめんな、ひろ」

いいよ、とひろは思った。もう大人になったから。さびしくて悲しいと自分で言うことができるようになったから。

あのとき、迷い込んでしまったひろを懸命に迎えに来てくれたから。

「うん。いいよ」

ひろは笑って、今、そう言うことができるのだ。

――ふいに、ぴたりと父の足が止まった。

父の右手をつかんでいた子どもが、ぐっとその手を引いたからだ。ひろははっと我に返った。気がつくとそこは分かれ道だった。

正面には道の始まりにあったあの小さな石碑が、左は道をふさぐように、彼岸花で埋め尽くされていた。その向こうにはまた生垣が続いていて、先は青い闇に吞まれている。

右の道は生垣が途切れていた。先を見通すことはできないけれど、濃い水のにおいがした。子どもは、ぐい、ともう一度父の手を引いた。右に行きたいのだ。

――一緒に、きて。

「そっちはだめ」

ひろはとっさに言った。

「わたしたちはいけないの」

父の手を引くものを、じっと見下ろす。いつの間にか両手になっていて、父にすがるようにつかんでいた。

――きて。いや。ひとりはいや。

視界がぶわっと赤く染まった。

左の道を埋め尽くしていた彼岸花の、花びら一つひとつがほどけるように大きな炎となって燃え上がる。

「うわ……」

父の引きつった声がした。炎から逃れるように、右の道へ――。

「だめ」

ひろは父の左腕をつかんだ。そっちはだめだ。そっちに行けば戻れない。

泣き叫ぶ子どもの声が、耳の奥で響いた。

かえさない。いや。

ここでひとりは、もういや！

心を揺さぶるような悲鳴だった。さびしくて悲しい。だから一緒に来てほしいのだ。

痛いほどにその気持ちがわかるから、ひろはぐっと唇を結んだ。

でもわたしたちは戻らなくてはいけない。

生きるものの、人の場所へ。

ささやくように、その名前を呼んだ。

「――拓己くん」

5

――静謐な夕闇の青が町を染め上げる。やがて東からゆっくりと、漆黒の夜が押し寄せてくるような気がした。

ひろが道の奥に消えたあと、瞬き一つで、その道は青の闇へ呑まれて消えた。

目の前には何ごともなかったかのように、生垣が続いている。拓己が手を伸ばしても、指に触れるのは硬い葉の感触だけだ。

「……どこに行った」

喉から零れた声が、ひどく震えていた。

「道が閉じた」

肩の上でシロがあっさりそう言った。ざわりと肌が粟立った。

彼岸花の道がひろを連れ去ってしまった。あの道の先には何が待っているのだろう。何か恐ろしいものだろうか。ひろは父と出会うことができるのだろうか。

……ここに戻ってくることが、できるだろうか。

「なんで止めた。せめておれが一緒に行けば――……」

「おれはともかく、おまえが行ったところで、役に立つものか」

ぐ、と拓己は手のひらを握り締めた。

「跡取り」

シロの声が氷のような冷たさを帯びた。

「――これから何度でもあるぞ。ひろはそういう人間だ。おれたちのようなものの声を聞き、手を伸ばし引かれる。境目でいつも揺らいでいる」

するり、とシロが拓己の肩から手へとうつった。

月のような金色の瞳がじっとこちらを見つめている。硬質にきらめくそれは、人ではないものの証だった。

わかっている。何度だってそう思った。

ひろは危うい。

「……だから、おれが一緒にいる」

それが拓己に唯一できることだから。

今ごろ、何も見えない道の先で立ちすくんでいるのかもしれない。怖くて泣いてしまっているかもしれない。か細い声で自分を呼んでいるかもしれない。

だからそばにいてやりたい。大丈夫だとその手を引いてやりたいと思うのに——。

は、と、小さな神様が笑った気配がした。白い蛇の小さな口の隙間から鋭い牙が見える。

「おまえも……愚かしいんだな」

拓己は瞠目した。いつもの皮肉気なそれは、まるで自分にも言い聞かせているようだったからだ。

「ひろは、もう一人でだって大丈夫なんだ」

ああ、おまえもわかっているんだな、神様。

あの子はいつも軽やかだ。思慮深く落ち着いているのに、ふいに思い切りよく空に身を躍らせることがある。

そのたびにひやひやして、その手を取って、ここにいてくれと泣きそうな思いで願うのはいつだってこちら側だ。

小さくうなだれた白蛇に、拓己は苦笑した。怖いのはこいつも同じなのだ。同じものにおびえ、ふりまわされ愛おしいと慈しんでいる。

なんだかおかしくなって、拓己はほろりと言った。

「やっぱり、おまえとおれは似てるんかもしれへんな」

「………冗談はよせ」

本当に嫌そうに身をよじらせるから、拓己はふん、と鼻を鳴らしてその神様を手から払い落としたのだ。

さっさと肩を伝って戻ってきたシロに、拓己は問うた。

「ひろはどうやって戻ってくる?」

金色の瞳が、足元の石碑を見つめる。

「ここにたどりつくはずだ」

生垣はすっかりふさがってしまって、その石だけが導(しるべ)のように残っていた。

「……ここ?」

「この石はしるべ石だ——八坂神社に、近いものがある」

シロが、まだ少し時間があるからと、拓己の背を尾でぱしりと叩いて促(うなが)した。

——八坂神社の境内は、二十四時間開放されている。

祇園側の西楼門近くはちょうど屋台が盛り上がる時間のようで、観光客の楽し気な声が風に乗って聞こえてきた。

正面である南楼門はこの時間、人影も少なく、門の向こうの広い境内は煌々と提灯(ちょうちん)に照らし出されていた。

シロに促されるままそこにたどり着くと、ずん、と大きな石が鎮座していた。神燈、と大きな文字が彫り込まれていた。

「これは、尋ね人を探す石だ。八坂神社と……北野天満宮あたりにもあるはずだ」

この石は、迷子や行方不明になった人を探すための石だとシロは言った。

石の片方に探し人の情報を貼りつける。それを見た心当たりのあるものが、もう片面に返答するといった具合に使われたそうだ。

「とくに、子どもだな」

そのシロの言葉は、氷のように拓己の背を滑り落ちた。

「子どもはすぐにいなくなる。かどわかしや迷い子や、どうしても見つからないものたちの中に——……向こう側に迷い込んだものも多かっただろう」

拓己は思わず振り返った。あの道の青い闇が、そばまで迫っているような気がした。

「あちらに引きずり込まれる、落ちる、連れて行かれる、呑まれる、喰われる。今よりもずっと多かった」

シロの声は淡々としていたが、拓己にはその感情のなさがなにより恐ろしかった。シロは境目の向こうに引きずり込む側だろうから。

あの青い闇がうごめく道に、子どもが転がり落ちて二度と戻ってこられない。

それはかつて神隠しと呼ばれた。

南楼門を背に元の道を戻りながら、シロが続けた。

「そういう、境目に連れ込まれた子どもを見つけるために、八坂神社のそれを真似て、だれかがあそこにしるべ石を建てたんだろう」

生垣に埋もれるように残る小さな石碑だ。祈るように石を磨き、ここできっと何日も何日も祈ったのだろう。

青い闇に連れ去られてしまった子どもを、見つけたいと願って。

「これは――戻れなくなったものを導くしるべ石だ」

シロの金色の瞳がいっそうきらめいた。

風が吹き抜ける。

ガタリ、と音がしたかと思うと、そばの側溝から石の蓋を押しのけて水があふれ出すところだった。

青い夜に噴きあがるそれが、月の光を受けてきらきらと輝いている。

シロの力だ。力を失い小さな蛇になってなお、シロは水の神だ。

「呼べ、跡取り」

目の前の石碑を、拓己は祈るように見つめた。失っただれかの元へ導いてくれと、その尊い想いを呑んだ石だ。

叫ぶでもなくただ喉の奥から転がり落ちた。会いたくてたまらなかった。

「……ひろ」

どこか遠く。石の向こうにほの青くわだかまる闇から声がした。

自分を呼ぶ愛おしい人の声だ。

「──拓己くん」

──飛び込んできた銀色の矢が、月光に輝く水の滴だと気がついたとき。彼岸花の炎は真白の煙を噴いていた。

忌避するように彼岸花が揺れて、炎が水に呑まれて、一陣の風が吹いた。

ふ、と気がついて、ひろはぱちぱちと目を瞬かせた。

ぐるりとあたりを見回す。深い生垣が続く、もとの場所だった。

見上げた空はすっかり日が沈んでいる。町中の灯に照らされた空はほの明るく、かろうじて一等星のみが負けじと輝いていた。

「帰ってきた……」

頬を撫でるしっとりとした夏の風に、ひろはほうと息をついた。

「ひろ!」

「うわっ!」

力強いものにぐっと抱きこまれて、あわてて顔を上げる。拓己だ。

「……戻ってきたな。ひろやな……」

肩口に埋まる拓己の頭が、小さく震えている。くぐもった声でもう一度言った。

「戻ってきた」

ぐっと胸が痛んだ。ひどく心配させてしまったようだった。

「ただいま。ごめんね、心配させた」

「……心配した。戻ってこうへんかと思った」

抱きこむ腕に力が込められる。痛いほどのそれが、むしょうに心地よくて安心していると、ふん、と拓己の肩口でシロが笑う気配がした。

「いいのか、ひろ。父親が見てるぞ」

一瞬、間が空いて。ひろはどんっと拓己を突き飛ばした。振り返ると困ったような顔で父が目をそらしている。顔に朱がのぼった。

「あ、あのね……!」

「いや、結婚するんだ、別にいい」

父に気を遣われて、ひろは何も言えずに真っ赤な顔でうつむいた。こういうところを親に見られるのがこんなに気恥ずかしいと思わなかった。

拓己のほうは、ひょい、と肩をすくめただけだ。

父の前だからだろう、すでにいつもどおりの穏やかさを装っているが、唇を少しばかり尖らせているのは、拗ねているのだとわかる。

遮られたのを根に持っているのかもしれない。シロをつかんで、ひろのパーカーに押し込んでいた。

「むぎゅ、む。やめ。むぐ」

じたばたと暴れるシロに苦笑していると、父があたりを見回して言った。

「……あの道から、戻ってこられたんだな」

「そうみたい」

父は自分の右手を——先ほどまで、あの子どもとつないでいた手を困ったように見つめている。もうそこに彼はいない。

「……彼も、戻ったかな」

ひろは小さくうなずいた。

あの声がずっと父を呼んでいるのが、ひろには聞こえている。そしてたぶん父も、その声をとらえているはずだった。

――一緒、に。ひとり、いや。

声に導かれるように振り返ると、石に腰かけたその子が、父の姿をとらえて顔を上げた。たぶん男の子だ。つぎのあたった着物からは、草履をはいた細い足がのぞいている。顔は相変わらず見えない。

生垣がぐらぐらと揺らいで、またあの青い闇がわだかまるのがわかった。

――いや。ひとりは、いや。

小さな手がさまようように、父に向かって差し出されている。この手を取ればまたきっと、あの道に連れて行かれるのだろうとわかった。

ひろはその前に膝をついた。

「うん。そうだよね」

きっと今からずいぶん前に、ここで境目に迷い込んだ子どもなのだろうと思った。出口を探してさまよって、まだここから帰ることも、そして進むこともできないでいる。

体は半分青い闇に溶けていて、きっともうこちらには戻れないのだと、そう思った。

「ずっと一人だったの?」

そう問うと、その子はこくりとうなずいた。

「……さびしかったね」

ためらうような間があって、またその子はうなずいた。痛ましくて胸がふさがれる。

――さびしかった。

行かなくてはいけないことはわかっていた。でも一人は嫌だった。痛くてつらくてさびしくて、ここでずっと泣いていたのだ。

その声を幼いころのひろが拾って、道が開いた。

迷い込んだひろを追って父が迎えに来て――見つけた、と差し出された手を、きっとこの子も見た。

さびしくて悲しかった自分を、やっと見つけてくれたと思ったのだ。

でもその人は、出口を見つけてここから帰っていってしまった。彼が探しに来たのは……自分ではなかったから。

「だから、お父さんを待ってたんだね」

こくり、とまたその子はうなずいた。

一緒にあの道の先へ進んでくれる人を、ずっとずっと待っていたのだ。

ひろは唇を結んで、けれどはっきりと言った。

「ごめんね。この人はわたしのお父さんだから。道の向こうにはいけない」

——いや。

青い闇が噴き出すように、その子どもを覆い隠した。伸ばされた手のひらだけがひろに向かって差し出される。

拓己だ。首を横に振っている。その瞳に不安の色を見て、ひろは小さく笑った。

大丈夫。一緒に行ったりしないから。

ぐっと、自分の肩がつかまれたのを感じて、ひろは後ろを振り仰いだ。

濃い水のにおい、川の音。その先は、だれもが一人で渡らなくてはいけない場所だ。

「わたしもだめ。そこには、一人で行かなくてはいけないと思う」

顔も見えないその子が、それでも泣きそうな顔をしたのがわかった。

「でもここで見送るよ。ちゃんと道の先に行けるまで、ここにいる」

一緒に道を歩いてあげることはできない。でも、いってらっしゃい、がんばったねと、見送ってやることはできる。

しばらくためらっていたその子が、やがて一歩踏み出した。

青くわだかまる闇の向こうに、ゆらりと彼岸花が見える。その先はきっと穏やかでさびしくも痛くもない世界だと、どこかで知っているような気がした。

「……あの」

ためらったような低い声は父のものだ。ときおり目をこすっているから、きっとぼんやりとその子の姿が見えているのだろうとわかった。

しばらく考えて、それから父は言った。

「気をつけて。いってらっしゃい」

子どもが立ち止まる。ゆらりと動いたその闇は、小さくうなずいたような気がした。

その背が、揺れる彼岸花の向こうに消えていく。

気がつくとそこには道はなく、生垣と石碑だけが残されていた。

声はもう聞こえない。

「……彼は行ったのか」

それは父にもわかったようだった。

戸惑いと未知へのおびえと、そして幼いあの子が一人で歩んでいってしまったその痛ましさが、父の心にぐるぐるとうごめいているのだとわかる。

「うん。ちゃんと一人で行ったよ」

そうか、と最後に父はほっと息をついた。それから何かを呑み込むようにうなずいて、そうして、父の大きな手がひろの髪を撫でた。

「……すごいなあ、ひろ」

あわててうつむいた。泣き出してしまいそうだった。

「すごいでしょ」

これが、わたしがやらなくてはいけないことなのだと。今はちゃんと胸を張って言うことができる。

父がくしゃりと破顔した。それで、やっと伝わったのだと思った。

6

空はすっかり夜の色に染まっている。

清花蔵の食事の間に隣り合っている客間で、ひろはほうと息をついた。この時期、清花蔵は蔵人たちが故郷へ帰ってしまっているため、さびしいほどに静かだ。

ひろの横でぐるりとわだかまるシロに、拓己が呆れたような顔を向けた。

「まだ拗ねてるんか、その白蛇」

「……アフタヌーンティーだったんだろう」

金色の瞳が恨みがましそうな色を帯びる。ずいぶんと発音が流暢になったなあと、ひろはこっそり苦笑した。

「ひろに写真を見せてもらった。皿が三層になっていて……三層だぞ⁉」

信じられるか⁉　と言わんばかりに、びょんっと首を伸ばす。

「一番下はサンドウィッチで、真ん中がスコーンというんだろう、小さいがうまそうなパンだ。それから一番上がぜんぶ菓子なんだ！」

見ろ、とシロがさしたのは、置きっぱなしにされていたひろのスマートフォンだ。どういう仕組みなのか、尾ですいすいと操作して、アフタヌーンティーの画像を呼び出すと、頭も駆使してぐいっと拡大までしている。

最近シロは、ひろのスマートフォンを本人以上に使いこなしているのだ。

「これをぜんぶ食べていいんだぞ……すごいな、アフタヌーンティーは」

シロは甘いものが好きだ。それも人の手が加わった細やかな細工のものを、ことさら好む。それはシロ自身が、人の営みを愛おしいと思っているからだとひろは知っている。

――三岡家と清尾家の食事会は、互いに昔からの顔見知りとあって、堅苦しいものはよそうということになった。円山(まるやま)公園の洋館でアフタヌーンティーになったのは、実里の希望で、意外なことに母も乗り気だった。

美しく整えられた世界観とかわいいスイーツ、華やかな紅茶の香りに、実里も母も何枚も写真を撮って、うれしそうだった。母が案外ああいうものではしゃぐ人だったのだと、ひろは初めて知った。

隣に腰を下ろした拓己が息をついた。

「お疲れ様」

「さすがに、ずっと気ぃつかった……仕事でもこんなんやないのに」

部屋着に着替えた拓己は、整えていた髪も心なしかくしゃりとしている。気を抜いたように両手を後ろについた。

ひろのスマートフォンを見て、ふ、と笑う。

「よかったな、それ」

端に結び付けられているのは、小さなお守りだ。淡いピンク色で、幸福を祈願するものだった。

父がひろにわたしてくれた八坂神社のお守りだ。昨日父は、これを買いに行ったのだ。

空を見上げながら、ひろはぽつぽつと話した。

あの彼岸花の道で、青い闇の中を歩きながら父と話したことだ。

ひろの両親は仕事に生きる人だ。拓己の家のように、家と職場が隣り合っているような環境で、家族と、そして家族のような蔵人たちがごちゃごちゃとともに暮らす、賑やかな環境ではなかった。

「それでいいって思ってたんだけど。やっぱり、さびしかったみたい」

父も母もひろのことを心配し、ひろのことを大切に思ってくれたけれど、自分の仕事を選んだ人たちだ。そういう選択があるとひろも理解している。

でももっとわがままを言えばよかった。さびしいと言って、たくさん連絡を取って、話して、話してほしいと言えばよかった。

今になって、やっとそう思う。

「これからやろ」

ひろの手に拓己の手が重なっている。そのあたたかさに、ほろりと安心した。

「おれがひろと、それから誠子さんと淳史さん、はな江さんとも家族になるんやから。これからたくさん話したらええ」

ぜんぶこれからでも、きっと遅くない。

それに、と拓己がにやりと笑った。

「三岡家は、うちの親父と母さんと……兄貴と。それから蔵人さんらと家族になる。賑やかになるな」

ぱちりと瞠目して、ひろはふふっと噴き出した。

「それは、大家族だね」

でもなんだか、それも悪くないと思ったのだ。

きっとこれからぜんぶが始まる。

ひろは、どうしてだかぐっと黙り込んでいるシロの小さな頭を、そうっと撫でた。

頬をすり寄せるシロはひやりと心地いい。

そして新しい道を進まなくてはいけないのは、わたしたちだけではないと。もうひろはちゃんと、わかっている。

二
錦の決意

1

道端に彼岸花（ひがんばな）が揺れる。炎が燃えているようだった。

まだ汗ばむぐらい暑いのに、空はすっかり秋の色をしていた。澄んだ青に秋の雲が、速い風に流されて線を引いている。

午後を過ぎれば足元に焼き付く影は長く、夕暮れ時の朱はいっそう赤い。そのころになってようやくからりと乾いた風が吹き始めるのだ。

京都の秋だった。

清花蔵（きよはなくら）には今年、いつもより早めに蔵人（くらびと）たちが戻ってきた。故郷での仕事の都合がついたものから、数人ばかり先に呼び戻したのだそうだ。

一年の半分を蔵で過ごす蔵人たちはここから、ひと夏熟成させた酒を出荷するのと同時に、米を運び込み、桶（おけ）や道具を洗い、今年の仕込みの準備を始めるのだ。

ひろは蔵人たちが帰ってくるこの時季が好きだった。

春に別れてから半年ぶりに、「ただいま」「おかえり」と家族に戻る気がするからだ。

「ひろちゃん、今年もよろしくな」

「ただいま！　結婚式楽しみにしてるからな」

洗い桶や米の袋を担いだ蔵人たちが、母屋の庭を抜けていく。

太い腕に厚みのある体、快活な彼らのことをひろは昔は怖いと思っていた。最初は拓己の後ろに隠れてろくに挨拶もできなかったのだ。

それから何年もたって、彼らももう今はちゃんとひろの家族だ。

「まだ暑いので、お水ちゃんと飲んでくださいね！」

縁側からぱたぱたと手を振ると、潑剌とした笑顔が返ってくる。それを見ると、暑い夏を抜けて、ようやく今年の清花蔵が始まったのだとそう思うのだ。

祖母は今日も帰りが遅く、大学から戻るとすぐにひろは清花蔵を訪れた。

客間の畳には卓が引き出されていて、タブレットと取り外しができる薄いキーボードが置かれている。

湯飲みにはすっかり冷めた煎茶が、おともは貰いものだというあられの吹き寄せが、すでに二つ開いていた。しょうゆあられは紅葉の形、海苔巻きと海老、ひろのお気に入りは砂糖の結晶がきらきら光るざらめだ。

ひろは卓に頬杖をつくと、タブレットの画面をこつり、とつついた。

「これと——」

もう一度、こつり。

「こっちと、どっちがいいと思う？」

「ええ……」

ひろの肩の上から不承不承といったふうに、シロがその画面をのぞき込んだ。いつもよりずっと鱗（うろこ）が白くややげっそりとして見える。

「………もういいだろう」

「だめ。どっちがいいか選んで」

「どちらも悪くないんじゃないか……ひろには何でも似合うからな」

投げやりなそれに、ひろは大仰にため息をついた。

「……シロじゃだめだなあ」

「だめとはなんだ、だめとは」

むす、と器用に頬を膨らませたシロを、肩から手のひらにすくい上げる。タブレットのそばに近づけて、ほら、と促（うなが）した。

「困ってるんだって、どっちがいいかアドバイスが欲しいの」

ぐったりと頭を伏せたシロが、無言でぴょんとひろの手から飛び降りた。

「あ、ちょっと、シロ！」

するすると畳を滑るように部屋の隅へ逃げていく。そのとき、ちょうど客間の障子が開いた。盆を持った拓己の足に、これ幸いにとシロがまとわりつく。

「――うわ、なんや白蛇」

「助けろ跡取り。ひろが今は面倒くさいんだ」

足の向こうに隠れたシロを見下ろして、拓己が目を丸くした。

「……珍しいなあ」

ひろのことを面倒だというのも珍しいし、そのうえ拓己に助けを求めるなんて、青天の霹靂もいいところである。

隣に腰を下ろした拓己に、これはよほどのことだぞ、と視線をよこされて、ひろは気まずそうに目をそらした。

「まだ悩んでたんか、それ」

タブレットに表示されているのは、レンタルドレスの写真だ。先日から何度か店に赴いて試着しては写真を撮って残しているものだ。

「前撮り、来月やろ。そろそろ決めなあかんのとちがうか」

「……わかってるもん」

そんな簡単に決まれば苦労しないのである。

拓己とひろの結婚式は、酒造りがひとまず落ち着く来春と決まった。本当は閑散期である夏まで延ばす予定だったのだが、これが蔵人たちの猛反対にあった。

自分たちも祝わせろ、結婚式は盛大にやるべしという蔵人たちと、式は家族だけで簡単にすませたいという拓己との間でこの夏、電話による再三の会談が開かれた。

すわストライキかという騒ぎにまで発展した末に、結婚式は身内のみ、披露宴代わりに大宴会を清花蔵で行い、友人たちも蔵人たちもまとめて呼ぶということで話がまとまった。

結局あの人たちは、祝い事にかこつけて酒を飲んで騒ぎたいだけなのだ。

ひと騒動ありながら結婚の準備が進む中、ひろと拓己は来月に前撮りをひかえていた。

その衣装を決めなくてはいけない期限が、もうすぐそこに迫っている。

「わたしはちゃんと決めたいのに、シロが相談にのってくれないんだ」

「のった！　昨日の夜からずっとだ。寝ても覚めても写真、写真……おれはどれもかわいいと思うのに、ひろはそれではちがうと言うんだ！」

大変心外である、と拓己の肩に這い上がったシロが鎌首をもたげて主張した。

「シロがぜんぶ似合うって言うからでしょ。どれが一番か教えてくれないと困る」

「……わ、わかるわけないだろう。……正直なところ、ぜんぶ一緒に見える」

旗色が悪いと見るや、シロはさっと拓己の首の後ろに逃げ込む。そろりと顔だけ出して、だいたいな、と続けた。

「洋装になったのなんかついこの間だろう。慣れていないんだぞ、こっちは」

　たしかに千年以上を生きる神様にとって、洋装が一般的になり始めた明治時代以降は、〝ついこの間〟の範疇なのだろう。

「許してやり、ひろ」

　苦笑交じりの拓己に諭されて、ひろはしぶしぶタブレットを抱えた。

「だって、一人じゃ決めきれないし……」

　試着室の壁いっぱいに下げられたドレスは、色とりどりの花畑に迷い込んだようだった。シルクのマーメイドドレスは深い青、丈の短いグリーンは、鮮やかでかわいいけれど、少し子どもっぽいだろうか。

　一着は白色のウェディングドレスのつもりだけれど、光にあたると浮かび上がる精緻な模様のかずかずは、あれもこれもと迷わせる。

　模様には一つひとつ意味があって、肩から艶やかに開く薔薇や牡丹の花もあれば、ひらりと翅を揺らす蝶も、和の吉祥柄をモチーフにしたものもある。

「式は神前式だから白無垢の予定でしょ。ドレス着るのってここしかないから、一番かわいいやつにしたい……」

たぶん自分は浮き足立っているのだ。そういう自覚はある。でもきっと一生に一度の機会だから、納得できるまで選んでみたい。

「——なら次は、おれも行こか」

あまりに自然に提案された拓己のそれに、ひろは危うくうなずくところだった。

「……あっ、だめ！」

はっと気がついて首を横に振る。油断も隙もないのである。

衣装決めの付き添いがしたいという拓己の希望を、ひろはずっと断っている。どうやらそれが拓己は不満のようだった。

「……なんでや。おれが旦那さんやのに」

まっすぐにこちらを見つめる目は、まなじりが下がって悲しそうで、むしょうに良心が痛む。ひろはあわてて目をそらした。

「今、忙しいんでしょ。お休みだってぜんぜんないんだから、ちゃんと休まないとだめ」

夏からこっち、拓己がほとんど休んでいないことをひろは知っている。

契約している田の見学に行ったり、そうかと思えば所属している「洛南の今後を担う若手経営者の会」、通称「若手会」で、秋の蔵開きの準備に奔走している。

それに、とひろはぐっと唇を結んだ。

「新しいお酒もつくったんでしょ」

シロがぴくりと顔を上げたのがわかった。この神様はおいしい酒に目がないのだ。

「ああ。新しい言うか『秋上がり』のラベルを一新したんや」

拓己がどこか自慢げにそう言った。

秋上がりは夏を越え、秋口に熟成された酒をさす。ここから本格的に出荷される清酒と比べて、火入れや熟成度合いがちがうこともある。清花蔵では今年『秋上がり』を新しいラベルで、例年よりたくさん卸すことになった。

一部の蔵人たちを一足先に呼び戻したのはそのためだ。

ほら、と拓己がスマートフォンを取り出した。写真が表示されていて、拓己と蔵人たちが一升瓶（いっしょうびん）を抱えて笑顔でうつっていた。

一升瓶には、清花蔵の銘柄（めいがら）である『清花（きよはな）』と、その上に舞い落ちるように描かれた赤い『秋上がり』の文字。背景は緑と橙（だいだい）が混じった色づき始めの紅葉だ。

ここしばらく、拓己は蔵と営業先を行き来する日々で、ひろとはほとんど会うことができていない。それが少しさびしいと思う。

けれど、と写真の拓己を見つめてひろは唇をほころばせた。

両手で一升瓶を掲げて笑う拓己は、誇らしそうでうれしそうで。

懸命に駆けまわっている拓己が好きだから――さびしさをそうっと心の底に押し込めて、わたしもがんばろうと思えるのだ。

シロが急かすように、ぱしりと拓己の膝を尾で叩いた。

「内蔵の酒はいつ仕込むんだ」

その金色の瞳が期待に輝いているのがわかる。

清花蔵は、神の酒を造る蔵だ。

向かいの工場――名前は昔ながらに蔵と呼んでいるのだが、そこで造る酒はすべて市場に卸すものだ。それとは別に母屋の内庭にある小さな内蔵で、昔ながらの作り方で少量だけ仕込む酒があった。

神酒『清花』。

古くは太閤豊臣秀吉の下、荒ぶる水の神を鎮めるために造り始めたのが由来とされる。

清花蔵でもこの酒のことを知っているのは、ごくわずか。蔵元である拓己の父、正と杜氏の常磐、跡取りの拓己と数人の蔵人だけだ。

小さな素焼きの壺で神社に納められるそれは、神のために造られた酒だ。シロたちのような人ならざるものにとって、特別に味わい深いものであるようだった。

ふと拓己の顔が曇った。

「どうやろうな……今年は米の出来が思ったようにいかへんて、農家さんが困ったはった」

ほら、と拓己が憂鬱そうに空を見上げた。

「最近、雨少ないやろ」

たしかに春の終わりごろから、どうも様子がおかしかった。

何度か春らしい重い雨は降ったものの、七月は完全に空梅雨で、スコールのように降る夏の雨もはじめに一、二度あったきり。それ以来、ずっとまとまった雨が降っていない。

「このまま降らへんと、一等米が今年、ほとんど出えへんかもしれへんて」

内蔵の酒はそのすべてを、契約している農家からの一等米で賄っていた。晩成品種で十月にかけて収穫されるその米は、今が生育に一番大切な時期だ。

「うまい酒が造れないということか！　それは困るぞ」

シロの尾がべちべちと拓己の肩を叩く。うっとうしそうにそれを払って、拓己が眉を寄せた。

「困ってるのはおれらや。なあ白蛇、おまえ雨降らすとかできへんのか？」

シロがぐるぐると喉の奥で唸った。

「無茶を言うな。雨はそもそもおれの領分ではない」

シロは、都の水をつかさどる水神であった。川の水をさかのぼらせ、ときにあふれさせ、ときに恵みを与えていた。

だがそれも、またかつてのことである。

今シロは、棲みかである大池を失い、小さな白蛇となってひろのそばにいる。それは水神としてのシロの力が、失われているということだ。

「そもそも雨を扱うのは容易ではないぞ、あれらはもともと自然に巡るものだ。力の弱いものではそう長くとどめておくことはできない」

シロの言葉に拓己が難しい顔で黙り込んだときだった。

その金色の瞳でシロが、ふ、と空を見上げた。

「……ちょうどいい。雨を乞うなら、ふさわしいやつが来るぞ」

ふわり、と風が吹いた。

瞬き一つの間に、庭に彼女が降り立った。

「——久しいな」

薄桃色の振り袖が初秋の、からりとした涼やかな風に揺れる。銀色の長い髪に、月と同じ金色の瞳。彼女はシロと同じ色を持つ、人ならざるものだった。

「花薄」

ひろが呼ぶと、花薄は桃色に色づいた唇を吊り上げた。

花薄は貴船の水神だ。

貴船は京都市の最北に位置する山である。遥か昔、玉依姫という人が淀川からさかのぼって、たどり着いた場所に祠を建てた。それが貴船神社であり、名前そのものの由来の一つとされている。

シロと同じで力を失うと小さな蛇になる。貴船の最奥にある『桃源郷』と呼ばれる宿の一室を、勝手に棲みかとしていた。

「久しいな、蓮見神社の子」

長い銀色の睫毛がぱちりと瞬く。その奥に、自信と高貴の輝きに満ちた金色がのぞいていた。

花薄とひろは、人ならざるものたちとかかわる中で縁があった。それ以来の付き合いだ。

ひろはあわてて立ち上がると縁側に歩み出た。

「ずいぶん突然だね」

「風が秋になった。今日はちょうどこちら向きに吹いていたから、訪ねてみるのも悪くないと思ったのだ」

「風の向きなどおまえの意のままだろう」

シロが笑う気配がした。花薄は貴船の水神、風をつかさどり雨を呼ぶものだ。

「わたしとてしょっちゅう、季節の巡りに余計な口をはさむほど野暮ではないよ。ありように任せるからああいうものは美しい。そうだろう──指月」

花薄の金色の瞳が、シロをとらえた。

──その水神の棲む大池のそばには、丘があった。そこから大池を見下ろしたある貴族が、いつかの夜に言ったのだ。

ここからは四つの月が見える。

空の月、川の月、池の月、そして盃の月。

四月、転じて指月。

その響きがあまりに美しく、それからその水神は指月と名乗ることにした。

それがかつてのシロだ。ひろに名をもらうまで、シロはずっと指月と名乗っていた。

指月と花薄は、ともに都の水神としてゆうに千年以上を生きている。かつて互いに都の川をあふれさせたり、気まぐれに恵みの雨を降らせたりしていたそうだ。

つい、と花薄のその指先が宙に躍る。

──そよ　秋来ぬと　目にはさやかに見えねども　風の音にぞ　驚かれぬる

不思議な抑揚の歌に合わせて、一陣、風が舞った。

庭の白砂がからからと転がる。井戸のポンプからしたたり落ちようとしていた滴が吹き散らされて、午後の陽光にきらりと輝いた。

前髪を揺らした風には湿度がなく、どこかでほころび始めた金木犀のにおいが混じっていた。

夕暮れが近づくにつれて、ちりちりと鳴く虫の声、さらさら、ざあざあと水が流れるような音は薄の群生を風が抜けた音だ。

ひろはふ、とつぶやいた。

「たしかに、もう秋だなあ……」

「秋が来るのは風の音でわかる。そういう歌だ」

花薄はかつて都で流行った今様歌を好む。鈴を転がすような可憐な声が、不思議な抑揚で紡ぐ歌は、思わず聞き入ってしまう。

シロがほう、と一つ息をついた。

「……おまえの歌だけは悪くない」

わずかに顔を伏せた花薄の、淡い唇がほろりとほころんだ。

――風になびくもの　松の梢の高き枝　竹の梢とか　海に帆かけて走る船　空には浮雲野辺には花薄……。


あるとき流行ったその歌を口ずさんだ貴船の水神に――指月は言った。

おまえの歌は悪くない。

互いに水をつかさどるものとしてときにいさかい、ときに肩を並べた相手からのその言葉に、彼女は自分の胸の内が妙に揺らぐのを知った。

だから彼女は、花薄と名乗ることにした。

淡い指先がきゅう、と握り締められたのに気がついたのは、たぶんひろだけだ。

花薄は千年ともにいたシロに、切なく、けれど炎のように強い想いを抱いている。

それを彼らの理で、恋や愛と呼ぶものかひろにはわからない。

けれど不機嫌そうに顔をそむけたシロの、その金色の瞳が、花薄の可憐な声に穏やかに凪ぐのも、たしかにひろは知っているのだ。

千年つかず離れずともに生きてきたシロと花薄が、いつか互いに背を預けるようになるのを、ひろはずっと待っている。

「それでおまえ、何をしに来た」

不機嫌さを隠そうともしないシロに、花薄が一瞬戸惑ったように見えた。ためらって、花薄がふいにひろのほうを向いた。

「そうだ。おまえ、そこの跡取りと夫婦になるそうだな」

危うく茶を噴くところだった。

「なんで知ってるの!?　あっ、シロ!?」

「言うわけないだろう、おれが」

シロが嫌そうにぶんぶんと首を横に振った。

「あちこちで噂になっているぞ。蓮見神社の娘と『清花』の蔵の跡取りが夫婦になるという。おまえたちのそれは皆が注目している」

ひろと拓己は思わず顔を見合わせた。

水神を祭る蓮見神社と、神酒の蔵である清花蔵の婚姻は、どうやら人ならざるものたちの興味を引くには十分だったようだ。

ひろは赤くなった頬を隠すように両手ではさんだ。

花薄にも折を見て挨拶に行くつもりだったのだが、すでに知られているとなると、それはそれで恥ずかしい。

ちらりと見上げた花薄が、満足そうに縁側から足をゆらゆらと投げ出している。その振り袖の裾に薄と彼岸花が描かれているのを見た。前はちがう模様だったから、季節にあわせて変えているのだろうか。

それに気がついて、ひろははっと顔を上げた。

卓に投げ出されていたタブレットを手に、花薄の隣ににじり寄る。

「ねえ、前撮りっていう、結婚式の前に写真を撮る機会があるんだけど、花薄はどのドレスが一番いいと思う?」

「……なぜわたしに聞く?」

「おしゃれそうだから」

タブレットを押しつけられて、最初は怪訝そうな顔をしていた花薄は、画面をスライドさせるたびにだんだんと前のめりになった。

その金色の瞳が熱を帯びて、きらきらと輝きを増す。

「おまえは線が細いからな、この腰のところが絞ってあって、足元まであるドレスなんかがいいだろう。刺繍は大ぶりのほうが似合う」

淡い桃色に色づいた指先が、タブレットの画面をさす。

「わたしは蝶の模様が好きだが、次の写真の、その薔薇も美しい……色がついたものなら……写真の時期は紅葉なんだろう?」

うなずいたひろに、花薄がすいすいと指先を動かして、いくつか前の写真を呼び出した。

「この赤はどうだ。寿(ことほ)ぎの色だ。いっとう華やかでいい——一生にもうない機会だ、一番心躍るものを選べ」

ひろは感動で打ち震えそうだった。

「そういう意見が欲しかったの！　シロなんかぜんぜんだめなんだよ」

「だめとはなんだ」

シロが、むすりと口をはさんだ。

「指月は人の着るものに、たいがい興味がないだろう」

花薄がつい、とまぶたを伏せた。銀色の睫毛が、白い肌に淡い影を落とす。足先が着物の裾を跳ね上げた。

「季節にあわせて模様をいれても、一度もほめてくれたことがないんだ」

拗(す)ねた花薄の声音(こわね)は、恋をしている少女のようでかわいいとひろは思うのだ。

紅葉か、とつぶやいたのはシロだった。

「だがこのぶんでは……色づく前に枯れはててしまいそうだな」

今年は雨が少ない。拓己が顔を上げた。

「花薄、おまえに頼めば、雨を降らせることができるか？」

貴船といえば雨乞いである。

かつて今よりずっと、雨が命を左右する時代があった。農作物の出来はもちろん、川や池が涸れれば飲み水不足にも直結する。

そんなとき、人は貴船の神に雨を乞うた。

「わたしが呼ぶのは風だ。雨はいつもそれに乗ってやってくる。乞われれば降らすことも涸らすこともできよう」

千年の昔から貴船に住む花薄が、その伝承の一端を担っていることはたしかだ。

花薄の指先が空をなぞる。

どう、と強い風が吹いた。

銀色の髪が巻き上げられるように宙に投げ出され、障子ががたがたと音を立てる。白砂が転がり、庭の木々が葉を巻き込んでゆさゆさとその身を震わせていた。

飛ばされないようにか、ひろのパーカーのフードに飛び込んだシロが、剣呑な声色で言った。

「やるなら先に言え」

不満げなそれに肩をすくめた花薄は、空を見上げてわずかに眉を寄せた。

「だが今年は……いくら風を呼んでも、雨がついてこない」

風はやみ、庭には凪が戻っている。

ひろと拓己は顔を見合わせた。

「どうしてだかわかる？」

「さあ。もとより今年はそういう年か、それとも──」

月の色をした金色の瞳が、風が連れてきた薄い雲の影にさあっと覆い隠される。

「──だれかが雨を奪ったか」

思わず見上げた空は高く澄んで、風はからりと乾いている。


──……ここへ、連れてこい。

ふいに吹いた一陣の風に、かすかな声が混じっているような気がした。


頰を撫でる風に誘われるように、拓己は母屋の庭から古い木の柵を開けて、奥へ抜けた。

その先には清花蔵の内蔵がひっそりと立っている。焼きの入った板がぐるりと取り囲む酒蔵は、戸口を太いしめ縄でふさがれていた。

「──何か用か」

風とともに降り立った花薄に、拓己はごくりと息を呑んだ。

「わたしに話があるのだろう。だから来てやった」

「……ああ」

銀色の睫毛の向こうで瞬くその瞳に、拓己は手のひらを握り締めた。

シロやひろのいない場所で、彼女と話すのは初めてだった。

拓己自身はひろとちがって、人ならざるものたちと特別かかわりたいとは思っていない。神の酒を造る蔵の跡取りとして、花薄やシロのようなものたちを、尊いものと思い、うやまい、そして人並みに畏れてもいる。

けれど、花薄がふいに見せるあの熱のこもった瞳のわけを、拓己だってちゃんと知っているのだ。

「おまえ、白蛇が心配で来たんやろ」

花薄がぐ、と唇を結んだ。

なぜ来たのかと問われた花薄は、その答えをあいまいにはぐらかした。そのとき、一つ瞬く間に押し隠したあの不安そうな瞳を、拓己は見逃していない。

いくばくかの間があって、花薄がほっと息をついた。

「おまえたちが婚姻を結ぶのはいい。だが……そのあと指月はどうなるのだろうな」

　そのことを、考えなかったといえば嘘だ。拓己はくしゃり、と髪をかきまぜた。

　拓己もひろも住む場所が変わる。ともにいる時間が変わり、生活が変わる。これまでと同じではいられないだろう。

　振り返った花薄のあざけるような笑みには、こちらが息苦しくなるような圧がある。

「指月には、行くところも帰るところもない」

　シロの棲みかはずいぶんと前に埋め立てられた。大池はもう何をしたって戻ってこない。シロにたった一つ残されたのがひろだ。だからそこに執着する。

　花薄がつい、と口元を吊り上げた。

「それでわたしに何をしろと。おまえたちの都合で孤独に震える指月を慰めてやれと？」

「ちがう」

　激高にきらめく瞳を、拓己は臆せずまっすぐに見つめ返した。

「おれは、白蛇とひろの約束を終わらせたい」

　あの灼熱の夏、ひろはシロと約束した。ずっと一緒にいる、と。だからシロはひろと話すため、そして守るために水神の加護を与えた。

　シロたちのようなものにとって約束は絶対だ。

　そのとき互いにつないだ手を、あいまいに混じりあった、人とそうでないものの世界を、離すときが来ていると拓己は思う。

「ひろは人の世界で生きる。白蛇は人ではないものの理の中に生きるべきや。そうすれば——白蛇は自由になれるとおれは思う」

棲みかのないシロがとらわれているのは、ひろだ。

その手を放せばきっと——もっと高く広いところへ飛んでいくことができる。悠久を生きるものだから、拓己もひろもとうていたどり着けない、遠く高い場所へ。

どこへでも、どこまでも。

「あいつは好きなところに行ける」

それを、きっとシロ自身もわかっているはずだ。

あの春の夕暮れに、シロは変わったと拓己は思う。

己はひろの友だちで——それは恋や愛ではないのだと、シロがきっと一番わかっている。

だから拓己とひろの間に、本当に割り込んでくることはない。

拓己とひろが寄り添っているとき、心を通わせているとき。

シロは一人地下の底でそうっと眠りにつく。

ほの暗い地の底で小さく丸まるその姿を想像すると、胸の奥をつかんで揺さぶられるような感情に襲われる。

花薄がふ、と笑った。

「ずいぶん指月に優しいんだな」

その金色の瞳にすべて見透かされているようで、拓己は肩をすくめた。

「別に白蛇のためやあらへん。おれは自分の恋人に、別の男が執着してても許せるような心の広い人間やない」

それに、と拓己はややあって、困ったように髪をくしゃりとかきまぜた。

「………友だちに不幸になってほしいて思うほど、嫌なやつでもあらへんよ」

拓己は苦いものを飲み下したような顔で言った。あの白蛇を友だち、などと、もう二度と言いたくないものである。

目を丸くしていた花薄が、ふいにくすくすと笑った。抜けるような白い肌に、淡い唇からこぼれる鈴を転がすようなその声は、ともすると聞き入って戻ってこれなくなってしまいそうなほど、あやしげで美しい。

「いいだろう、跡取り。おまえの話を聞こう」

けれどその瞳の奥が、わずかに安堵したように揺れたから。

千年の恋を秘めた彼女の心に気づかないあいつは、ずいぶん罪な白蛇だと、拓己は肩をすくめてそう思った。

2

縁側に初秋のあたたかな光が揺れている。清花蔵の客間で、ひろのタブレットを三人が真剣にのぞき込んでいた。

「やっぱり、わたしは青やて思うわ」

大仰にうなずいたのは、拓己の母である実里(みさと)だ。選んだドレスは落ち着いた深い青色で、襟元(えり)は大ぶりの柄のレースで覆われている。

「ええやん、ひろ。お母さん、これめちゃくちゃかわいいと思います」

溌剌とした笑顔で言ったのは砂賀陶子(さがとうこ)だ。ざっくりと切りそろえられたショートカットの髪、明るいイエローのブラウスに色の浅いデニムを合わせている。

「ネックレスはこっちのにしたらええと思います。石は小ぶりにして、ネイルもブルーで色を合わせたらかわいいですよ」

タブレットをつついた西野椿(にしのつばき)が、表示されたアクセサリーとネイルのリストをさした。

長く艶(つや)やかな黒髪は、今は頭の後ろで一つにくくり上げている。グリーンのワンピースの襟元からは、抜けるような白い肌がのぞいていた。

唇はほの赤く、彼女はこの美しさでかつて、椿小町の名をほしいままにしていたのだ。

「ほんまやわ……かわええね！　そうしよう、ね、ひろちゃん！」

実里があんまりうれしそうに笑うので、つられたようにひろもはにかんだ。

陶子と椿は、ひろの高校時代の友人である。

前撮りのドレスを決めきれなかったひろは、期限ぎりぎりになって友人たちに助けを求めた。会合に清花蔵の客間を借りたのは、話を聞いた実里が、ぜひ自分も一緒に選びたいと主張したからである。

「うちとこは男兄弟やから、こういうの選ぶ機会もあらへんかったし、ひろちゃんがお嫁に来てくれてうれしいわあ」

満足そうに微笑むと、弾むような足取りで実里はキッチンに戻っていった。これから蔵人たちの夕食をつくるのだ。

さっきのぞいた台所には太い大根が二本と、出始めの秋刀魚が氷の詰まった発泡スチロールの箱に並んでいた。今夜は焼き秋刀魚に大根おろしだろうか。

ひと段落ついたところで、椿が盆の上に重ねられていたグラスを並べた。

「蔵人さんらて、何人ぐらいいたはるん？」

硝子のポットから茶を注いでくれる。氷が詰められたポットには、実里ひいきの水出し煎茶がたっぷりとつくられていた。

「今はまだ半分ぐらい」

もう半月もすれば、残りの蔵人たちも合流するはずだった。

椿と陶子がそろって目を丸くした。思わずといったふうに台所のほうを見やる。

「毎日それだけご飯作らはるて、大変なんやねえ」

「実里さんはすごいんだよ」

ひろはまるで自分のことのように胸を張った。

「清花蔵の経理も事務もやってるし、蔵人さんたちがこっちにいる間は、全員のご飯もずっとつくってる」

ひろも手伝うのだが、台所での実里の動きについていけたためしがない。ひろが皿を並べたり茶を煮だしている間に、あっというまに一品、二品と仕上がっていくさまは魔法のようだ。

ふふ、と椿が微笑んだ。

「お母さんも、ひろちゃんと一緒にいられてうれしそうやったね」

そうだといい、とひろは思う。

実里のことが、ひろはとても好きだ。朗(ほが)らかで明るくて、一緒にいるとこちらも笑顔になる人なのだ。

　グラスに注がれた煎茶はキンと冷えていて、喉の奥を爽(さわ)やかに転がっていった。ほのかに甘い香りが抜ける。

　茶のおかわりを注いでくれようとした椿の指には、銀色の輪がきらりと光っていた。椿はこの春、ずっと付き合っていた高校時代の先輩と結婚式を挙げたのだ。

「椿ちゃん、結婚生活ってどんな感じ？」

　単純に興味だった。これから自分にも訪れるはずなのだが、あまり実感がない。

　椿がううんと首をかしげた。

「あんまり今までと変わらへんかなあ。うちも仕事あるし向こうも忙しいし。一緒には住んでるけど、意外と顔あわさへんよ」

　椿は書道家だ。墨染(すみぞめ)にある大きな邸(やしき)で、師である母について修業を積んでいる。忙しいらしく、展示会や打ち合わせで全国あちこちに出かけているそうだ。

「それ、さびしない？」

　陶子がぐいっと煎茶を飲み干した。

「そうでもあらへんよ。離れてても、家に旦那さんがいるて思うとほっとする。家に帰ったら何食べようとか何話そうとか、そういうのを考える時間も好きになった」

指先を合わせてぽつぽつと話す椿の頬は、照れたように赤く染まっている。

「陶子は？　彼氏とかいてへんの？」

あっさりと陶子が首を横に振った。

「うちは今のところ、ええかな。仕事楽しいし」

陶子は高校、大学と陸上の選手だった。大学へは推薦で合格し、全国でしのぎを削って戦う傍ら高校教師の資格を取得した。

選手を引退した今は、大阪の強豪校で教師兼陸上部のコーチとして、寮に住み込みで働いている。

「自分の生徒が大会で勝ってくれるのが、今は一番うれしいかな。もう何年か指導者やったら、今度は学校とか関係なく選手の育成にかかわりたいいて思ってる」

畳に手をついて空を仰ぐ。

「恋人とか結婚とか優先度が低いんよね。もっと早く考えたほうがええ、いつか考えが変わるて言われることもあるけど」

こぼれた苦い笑みは、きっとそれで悩んだり悔しく思ったりしたことがあるからだ。

「でも今も昔も、うちが一生懸命になるのは、やっぱり陸上だけみたい」

みんなさまざま悩んで、ためらいながら自分の道を選んできた。高校生だったあのころより、歩んできたぶんだけ心はずっと複雑になる。

「ひろちゃんはどうするん？　清尾先輩と結婚したら、こっちのおうち手伝うん？」

「しないよ」

椿の言葉に、ひろはきっぱりと首を横に振った。

きっとこれからも時が過ぎるにつれて、迷うことも悩むことも増えるだろう。だからこそせめて、決意と覚悟だけはしっかりと持っていたい。

「実里さんのお手伝いはする。でも卒業したらわたしは、おばあちゃんのあとを継ぐよ」

神社を継ぐには資格がいることがある。大学院を修了したらまず資格を取得するのか、それとも相談事に注力するのか。これから決めなくてはいけない。

「ひろちゃんは、ほんまに気をつけてね」

椿がためらったようにぽつりとつぶやいた。

陶子と椿は、蓮見神社の仕事のことを知っている。

ひろが人ならざるものたちと深くかかわっていることも、そういうものがいる、ということも。それがとても危うい仕事であるということも。

陶子がばたりと腕を投げ出して、縁側にごろりと寝転がった。

「あーあ、大人って悩みが深いわ」

みんなで顔を見合わせて、くすりと笑う。

でもときおりこうして振り返って、がんばったね、がんばろうね、と笑いあうことのできる関係が心地いいとひろは思う。

それから、ぽつぽつと他愛ない話をして、煎茶のポットが空になったころ。

庭にぱっと走りこんできたのは、拓己だった。

片手に木の桶を二つ、もう片手には上着をひっかけている。陶子があわてて身を起こした。椿とともにぺこりと頭を下げる。

「先輩、お邪魔してます」

陶子が言うと、拓己が軽く手を振った。

「母さんがドレス選びに交ぜてほしいて言うたんやろ。付き合ってくれてありがとうな」

「いえいえ。兄がよろしくと言っていました」

陶子がびしっと背筋を伸ばす。陶子の兄である大地は大学時代、拓己の後輩だったのだ。

「二人ともゆっくりしていって。――ひろ、おれ夜まで蔵にいてるけど、帰るときは連絡して。神社まで送るさかい」

「大丈夫だよ、一人で帰れるって」

蓮見神社ははす向かいだ。拓己がひょいと肩をすくめた。

「最近忙しかったたし、たまにはゆっくり散歩に付き合うて。おれがひろと、ちょっとでも一緒にいたいから」

さらりとそう言って去っていく拓己の背を見送って、ひろは二の句が継げないまま縁側に両手をついた。顔が熱いし耳の奥で鼓動がうるさい。

陶子がぽかんとした様子で言った。

「先輩、えらい吹っ切れはったな。……デレデレやん」

「……最近、ずっとあんな感じなんだ」

拓己が自分のことをとても大切にしてくれるのはうれしい。けれどそれを友人に見られるのはいささか恥ずかしかった。

真っ赤になった顔を手で扇ぎながら冷ましていると、ふいに、ひろはぱちりと瞠目した。見知った気配がした。拓己が駆けていったほうからだった。

水の流れる音、清涼な気配……。

「——清尾先輩、今から出勤なん？」

ひろははっと顔を上げた。椿がこちらをのぞき込んでいる。あわててうなずいた。

「うん。午前中は用事があるって、昨日言ってた」

だから出勤時間をずらして、今日は夜まで蔵に詰めている。

ひろは唇を結んだ。

昨日の夜、どこに行くのかと問うたひろに、拓己はその行き先を教えてくれなかった。

ここしばらく、そういうことが続いている。

拓己はときどき一人で出かけて、その行き先をひろには教えてくれない。

そういうときはいつも、拓己はこの気配をまとわりつかせて帰ってくる。

キンと冷たく、すべてを洗い流すように瑞々しい――。

貴船の『桃源郷』、花薄の気配だ。

拓己は花薄に会いに行っているのだろうか。どうしてひろに、それを教えてくれないのだろう。

その日はさっぱりと晴れ渡っていた。空の高いところに一つ、二つ、白い雲が置き忘れられたかのように浮いている。

JR二条駅で降りて二条城方面に歩き、やや南に下る。そこにその古びた邸はあった。

伸び放題の生垣に囲まれ、明治からあるという邸が半ば朽ちかけている。

半分ほど落ちた瓦屋根、絡みつく蔦は枯れ、虫に食われて穴が開いた柱が大きく傾いている。雨戸はあちこち腐り、濡れ縁は白く変色してところどころ砕けていた。

数年前に持ち主が関東に越してから、このまま放置されているそうだ。

縁側の比較的無事な場所に置いた荷物に、じっと視線が注がれる。刺すようなそれに、拓己は居心地悪そうに肩をすくめた。

「……なんや」

「いや？」

腕を組んでふん、と鼻をならしたのは、藤本仁（ふじもとじん）だった。

仁は高校時代剣道部だった拓己の——気恥ずかしくて決して口に出したくないのだが——好敵手である。別の高校の剣道部の主将で、拓己とは大会で何度も対戦した。

社会人になってからもそれなりに交流は続き、今は月に何度か、同じ剣道道場に通って稽古（けいこ）する仲だった。

「拓己、おまえまさか、道場行くて言うて出てきたんとちがうやろな」

拓己はそろりと視線をそらした。縁側の荷物は道場で使う道着と竹刀（しない）袋だ。

「おまえな……」

さっぱりと切られた黒髪の下から、仁の鋭い瞳がのぞいている。じろりとこちらを見やるそれは現役時代に対戦したときそのままの力強さだ。

しばらくして、拓己は折れるようにため息をついた。

「……ひろに知られたないんや」

このところひろは、授業や修論執筆の合間を縫って、よく実里の手伝いをしている。今朝がた朝食の準備をしていたひろとうっかり遭遇して、拓己はとっさに嘘をついた。道場で試合があるから行ってくる。昼には帰る。そう言った手前、手ぶらでは出てくることができなかったのである。

仁の瞳がますます鋭くなった。

「婚約早々、おれは新郎の浮気の片棒でも担がされてるんか?」

「冗談はやめろ」

舌打ち交じりにそう言うと、仁がはあ、と一つため息をついた。

「なんで妙な嘘つくんや。こういうことは……ひろちゃんのほうが得意なんとちがうんか」

とたんに邸を吹き抜ける風が、ふと静まったような気がした。

——雨が降らない原因が二条の邸にある。

そう言ったのは花薄だ。

拓己の「頼み事」には、どうしても雨が必要だ。だからこのところ少しも降らない雨の原因を、突き止める必要があるとも。

仁は東山(ひがしやま)にある寺の跡取りだ。そのせいか、世には人の理の及ばない不可思議なものがあると知っている。

酒造の跡取りである拓己がそういうものにかかわっていることも、そして力があるのはひろだということも、ずいぶん前から察しているようだった。

ここしばらく雨が降らなくなった原因を突き止めたいから、手伝ってほしい。そう言った拓己に、不承不承付き合ってくれたのだ。

「……ひろに頼めるんやったら、おまえなんか声かけてへんわ」

「なんかてなんや、なんかて。だれがここの持ち主探してきたった思てんのや」

ぐぐ、と仁の眉間に皺が寄った。あちこち顔の広い仁が、ほうぼうあたってこの邸の持ち主から鍵を借りてきてくれたのだ。

「……できれば、ひろの手を借りずに進めたい」

それが正しい方法なのか拓己にはわからない。けれどこれは、ひろとシロのつないだ手を切ってしまうその一歩だ。

「それが、ひろちゃんのためか?」

「ああ。……たぶんな」

そして憎たらしく面倒でうっとうしく——美しくて……恐ろしい。そんな小さな神様が、この先の千年を踏み出すためにも、必要なことのはずなのだ。

ややあって、仁がその短く刈り込んだ黒髪をくしゃりとかきまぜた。

「……わかった。でももしおまえがひろちゃんのこと、ほんまに泣かせるようなことがあったら、そのときはぶん殴るからな」

結局そうやって、いつも拓己に付き合ってくれるこの友人は、面倒見がよく信頼の置ける人間だ。二人の弟に兄として慕われ、檀家たちからも一目置かれている。

腐りかけた縁側にもたれかかって、拓己は空を仰いだ。

これまで己の愚かさでひろを泣かせたことが、何度かある。思い出すと胸の奥がひりつくような罪悪感と——ひどく浅ましい喜びがその首をもたげる。

この子は自分のせいで泣いている。

この子の瞳には今、おれしかうつっていないのだ。

シロの度を超えた執着について、拓己が何か言う資格なんて本当は一つもないのだ。

笑う顔も困っている顔も泣いている顔も、そのときひろの瞳にうつるのが、ぜんぶおれであればいいとさえ思うのだから。

「おれがほんまに泣かせたら、そのときは頼む」

この重苦しく浅ましい愛情にひろが気づく前に、殴って止めてくれ。

わずかに瞠目した仁が、何かを察して肩をすくめた。

「ひろちゃんも、厄介（やっかい）なのにつかまったな」

……おれも心の底からそう思うよ。

拓己は心の中で、そうつぶやいた。

でももう拓己には、隣にひろのいない毎日を考えることは、どうしたってできないのだ。

——それにしたって、と仁が空を見上げた。

「たしかにここ最近、雨にならへんな」

縁側から飛び降りた仁が庭に足を踏み入れる。

家の倍ほどもある広い庭はずいぶん手入れされておらず、下草が伸び放題になっている。丸いくぼみが残っているのは、かつてそこに池が引かれていたあとだろうか。持ち主が越すときに湧口（わきぐち）を埋めてしまったと聞いた。

仁があたりを見回した。

「でも探してるんは雨が降らへん原因やろ。それやったらたぶん、ここはちがうと思うけどな」

「なんでや」

きょとんとした拓己に、仁が北を指した。

「ここは、水の涸（か）れへん場所やからな」

――かつて都の中心は天皇の居所であり、政の場でもあった大内裏であった。そこからまっすぐ南に朱雀大路が延び、都の入り口である羅城門につながっていた。現在のJR二条駅前を南北に走る通がそれである。

その大内裏、今の二条城以北にあたる場所のすぐ南に、神泉苑があった。

「神泉苑は今はお寺さんやけど、昔は帝の庭やったそうや」

ああ、と拓己は顔を上げた。

「あの恵方の神様のとこか」

大晦日にテレビ番組で見たことがあった。神泉苑の中には歳徳神を祭る社がある。祠が回るようになっていて、毎年恵方の方角に祠を動かすのである。

仁がうなずいた。

「神泉苑には真ん中に大きい池があって、あそこは、絶対に涸れへん池やて言われてる」

都が干ばつに見舞われても、神泉苑だけは涸れることがないといわれ、その恵みは大内裏を含めたこの一帯を潤していた。かつては弘法大師空海を呼び、雨乞いの儀式が行われたことでも有名である。

「神泉苑はもともとずっと広くて、今の二条通から三条通まであるような庭やった。たぶんここも、昔はそのお庭の一部やったはずや」

仁の言葉に、拓己は感心したように目を見開いた。

「妙なことに詳しいなあ……おまえ」

「檀家さんとこのじいさんから聞いてん。あの人らはこういう話よう知ったはんねん。何の用事もないのにうちの寺来て、ぺらぺらしゃべって――」

まったく、と呆れたように肩をすくめる。

「……孫は遠くやし、話し相手もおらへんて言わはるからな。さびしいやろうから、たまにはおれが、ちゃんと話聞いたらなあかんねん」

揺れる瞳はどこか照れくさそうで、けれど責任感に強く輝いている。仁は自分の寺を継いで、その道を真剣に歩み始めているのだとわかった。

拓己は目を細めた。高校生のころ、拓己に他校の女子を取られたなどと騒いでいたのが、ふいに懐かしくなった。

あれから十年あまり。拓己は蔵を、仁は寺を継いでそれぞれの道を歩き始めている。

二人ともことさら過去を振り返ったり、だれかに泣きついたりする性格ではない。けれどときおりこうしていつかのことを懐かしんで、辛くなったときに、互いに背を預けられる間柄であればいい。

柄にもなく、拓己はそんなことを思ったのだ。

たぶん面と向かって口にすることは、この先、一生ないのだけれど。

——ざわりと風が吹いた。

涸れた池のくぼみの中に枯れた枝が落ちる。からりと乾いた音がした。

池の向こう側に古木が立っていた。拓己が幹に手を回しても届かないほどの大木だが、半ばから折れている。桜だろうか。横に伸びた枝に葉は一枚もなく、ごつごつと隆起した木肌はからからに乾いていた。

「……あの木、いつからあそこにあるかわかるか？」

仁は首をかしげた。

「さあ。今の持ち主さんが、ここに来はったときにはもうあったらしいて言うたはったから、それより前とちがうか」

この木を見つめていると、背筋がぞわりと粟立つ感覚がある。

こういう古い木には、あまりいい思い出がないのだ。

もし本来ならとうに朽ちているはずが、まだ形を保っているとすればなおさらだ。月日を重ねればそれだけ、良い、悪いを問わず想いを寄せつける。そういうものを、ひろのそばで拓己はたくさん見てきた。

耳を澄ませる。だが聞こえるのは風の音ばかりだ。拓己はちらりと仁をうかがった。

「おまえ、なんか声が聞こえるとかないんか。変なものが見えるとか」

「わかるか、そんなん」

「……役に立たへんなあ」

自分のことをすっかり棚に上げた拓己に、仁が肩をすくめた。

わかっているのだ、と拓己は思う。いくら仁に力を借りてもひろには及ばない。

ひろは蓮見神社の子で、水神の加護を持つものだ。

拓己たちが風の音だと思っているものも、木々の葉擦れも小鳥のさえずりも、ひろにとってはときに、人ならざるものの話し声に聞こえるそうだ。

「……いや……悪い。おれにも、わからへんから」

拓己は深々と嘆息した。結局一人で何もできない自分がひどくもどかしかった。

「もうちょっと……おれがなんとかしてみるわ」

どうやら拓己自身、ずいぶんと思いつめたような顔をしているようだった。仁がどこか困ったように視線をさまよわせている。

ややあって仁が言った。

「おれにできることやったら、手伝うてやらんでもない。条件は一度につき、道場で試合二回な」

思わず噴き出しそうになった。仁はいまだになにかと拓己に試合をふっかけてくるのだ。それでなんだか気持ちが少し軽くなった。

「勝ちは譲ったらへんけど、ええんやな」

「上等」

ニッと笑った瞳の奥に炎が燃えるのがわかる。仁のこの目と向き合うと、いつだって高校時代、大将戦で向き合ったひりつくようなあの空気を思い出す。

負けたくない、勝ちたい——こいつに無様と思われる真似はしたくない。

沈みかけた心が、ぐ、と上を向くのがわかる。

ああなるほど、と拓己は口元をわずかに吊り上げた。

これを人は、好敵手と呼ぶらしい。

論文の中身が読んだこともない文字のように、頭の中を通り過ぎていく。同じページを三度読みなおしたところで、隣から冷たい声が聞こえた。

「……人の卒論、ため息交じりに読まんとってもらえます？」

学部四年生の波瀬(はせ)葵(あおい)である。

葵はひろの所属する、龍ヶ崎(りゅうがさき)大学文学部史学科民俗学研究室の後輩だった。

ミルクティーブラウンの短い髪をくるくると跳ねさせていて、目はぱっちりと大きく猫のようにやや吊り上がっている。

一年生のときから研究室に顔を出していて、そのしっかりした性格で会計や各種飲み会の幹事、ゼミ費の回収に備品の手配などを一手に引き受けていた。今では後輩はもとより、院生の先輩や教授でさえ葵には頭が上がらない。

葵は今年四年生で、この冬に卒論の提出期限が迫っている。すでに大学院の受験を表明していて、合格すれば引き続き民俗学研究室に所属することになっていた。

それを聞いたとき、もはや葵なしでは研究室の運営がままならないと、その卒業を危惧していた教授たちが、そっと胸をなでおろしたのをひろは知っている。

「ごめん……」

ぐずぐずとひろは机に突っ伏した。

「そんな調子で修論大丈夫なんですか？　もうすぐ中間発表ですよね」

「ぜんぜん大丈夫じゃない……」

これが本当にまずいのである。

人の卒業論文を読んでいる場合ではなく、ひろも大学院修了のための修士論文の提出がひかえている。

けれど資料を読んでいても、パソコンに向き合っていても、ずっと拓己のことが頭にあってちっとも集中できない。葵の冷たい目がひろをとらえた。

「……修了したら結婚するからて、浮かれたはります?」

「浮かれてないです!」

ひろは思わず叫んだ。

拓己と籍を入れるのは来春、ひろが大学院を修了してからだが、結婚——婚約することになったということはすでに、教授を含めた研究室に報告がすんでいる。

それからずっとからかわれどおしで、ひと夏が過ぎてようやくそれも静かになったところだった。

「で、どうしたんですか?」

葵が隣で頬杖をついた。結局こうやって話を聞いてくれるのが、この面倒見のいい後輩の優しいところなのだ。

——最近拓己がよくどこかに出かけている。行き先を聞いても教えてくれないし、たぶん何かを隠しているのだと思う。

「……この間、剣道の道場に行くって言ってたけど、たぶんあれも嘘」

道場のあとはいつも汗だくで帰ってくる拓己が、その日はシャワーも浴びずにそのまま蔵に出勤していたからだ。

　なるほど、と葵がうなずいた。

「浮気じゃないですか」

　うう、とひろは小さく唸った。

「婚約してから結婚するまでが危ないて聞いたことありますよ。男の人にとって最後の自由時間やからって」

「……だれから聞いたの」

「咲耶ちゃんです」

　加藤咲耶は葵の二つ下の後輩だ。人の恋愛事情に詳しく、デートスポットや告白の仕方など、咲耶に聞けばなんでも教えてくれる。

　恋愛の神様と呼ばれる彼女の言と知って、その説得力にひろはますます落ち込んだ。突っ伏したまま顔をごろりと横に向ける。

「……でもちがうんだ。浮気とかじゃないってわかってる」

　いまさら拓己を疑ったりすることはないし、ひろに嘘をついてまでどこに行っているのかは見当がついていた。

　貴船だ。

拓己を取り巻くあの清涼な気配、ときおり聞こえるさらさらとした水の音、体中を満たすような瑞々しいあのにおいはほかにはない。

拓己は花薄に会いに行っている。

花薄の気持ちが拓己に向くことはまずない。それに拓己はシロや花薄のようなものときちんと線を引くことができる人だ。

ひろが気になるのは、また別のことだった。

「拓己くん、たぶん一人で、何か悩んでるんだと思うんだ……」

食事の最中に、ひろと二人でいるときに、道で隣を歩いているときに、ふと黙り込んではうつむいていることがある。

何か深く思い悩んでいるようだった。

葵が、あっさりと言った。

「それなら、聞けばいいじゃないですか」

ひろの手から卒論を回収している。今日はもうだめだと踏んだのだろう。

なおもひろはぐずぐずと机に突っ伏したままつぶやいた。

「面倒くさいって思われたら嫌だなって」

今でさえどこに行っていたのか、何をしていたのかと問いただすなんて、うっとうしいと思われているにちがいない。

葵がさっさと帰れと言わんばかりに、ぱたぱたとこちらに手を振った。

「これから一緒に暮らすのに、いまさら遠慮してどうするんですか。隠し事の多い男には、わがままなぐらいがちょうどええって聞きますよ」

「……それも咲耶ちゃん？」

うなずいた葵は、じっとひろを見つめた。

「それにひろ先輩は隠し事が嫌なんやないんでしょう。婚約者さんのことが心配なんや」

ひろは目を丸くした。ぐっと自分の胸に手をあてる。そのとおりだと思った。

花薄は美しく可憐で、恋する少女のようにかわいらしくて――恐ろしい。

拓己を取り巻く気配はどんどんと濃くなって、いつかどこかに連れ去られてしまいそうで、それが不安でたまらないのだ。

「……うん。そうかも。葵ちゃんはすごいね」

「ひろ先輩がわかりやすいんですよ」

ひろは高校生のころまで、他人との関係を上手くつくることができなかった。引っ込み思案で、だれかと友だちになったり人を好きになったりすることもわからなかった。

今は、自分の歩く速さと、人との心地のいい距離を知って、少しずつ他人とかかわることもできている。

けれどときどき、他人のそれがやっぱりうらやましくなるのだ。

「わたしも、葵ちゃんみたいならよかった」

もし自分が葵のようなら……咲耶の、陶子の、椿の——拓己のようなら。だれかの心にすっと入りこんで、その人が欲しい言葉をかけてあげられるようになるだろうか。

「そうしたら拓己くんのこと、わかってあげられるのかな」

目を丸くした葵が、ふいに笑った。呆れたように、けれど柔らかくひろの心の深いところをそうっと照らすように。

「それができへんから、ちゃんと言葉で話すんですよ」

心は見透かすことができない。だから人は言葉を尽くすのだ。

唇を開いて、結局そのまま困ったように閉じた。

こんな簡単なことを、いつもひろは忘れてしまうのだ。

自分が情けなくて、けれど目の前は訪れる夕日に照らされるように、さあっと開けたような気がしたのだ。

——たっぷりと葉をたたえた中庭の銀杏(いちょう)が、風に揺られてざわざわと音をたてる。空気ごと揺らすようなその重い音に、ひろは足を止めてしばらく聞き入った。

　ごそり、とカーディガンのポケットで何かがうごめく気配がした。

　シロだ。ひろが大学に行くときには、こうしてよくついてくる。

「ひろがそんな顔をすることはない」

　するりと手まで這い上がると、その鎌首をもたげてじっとこちらを見つめる。

「跡取りも花薄も、おれが問いただしてこようか」

　ひろは小さく首を横に振った。

「わたしがちゃんと聞く。それでも拓己くんが話してくれないなら、わたしが知らないほうがいいことなんだと思う」

　ふうん、とシロが不満そうにつぶやいて、それきりすっかり興味をなくしたようだった。するりとその白い頬をひろの手にすりつける。

「安心するといい。だれが裏切ってもひろのそばにはおれがいる」

　約束しただろう、と金色の瞳に赤い夕日がとろけるようにうつった。蜂蜜のようにどろりと甘く、氷を忍ばせたようにどこかひどく冷たい心地もする。

「……うん。わたしとシロは、ずっと一緒」

　そうあの日に約束した。灼熱の夏の日だ。

からからに乾いた白蛇に、小学二年生のひろは水をやってシロと名前をつけた。そのあと、白蛇が言った。

おれと一緒にいてくれないか。

そうしてひろは笑って約束をしたのだ。ずっと一緒だよ、と。

「……そうだ、ひろ。おれたちは約束した。だからこの先もずっと一緒なんだ」

ああ、でもそれは——。

「むりだよ、シロ……」

ほろりと、そうこぼしたとたん。

ざわりと銀杏が重く揺れた。深い緑色だった葉の一枚一枚が、月の光に炙(あぶ)られるようにざっと黄金に変わる。

まばゆい鮮やかさに、目の前で光がぱちぱちと弾けるようだった。

どう、と風が吹く。ゆさ、ゆさと重く揺れる銀杏の上、空を青い闇(やみ)が覆い——金色の月が、冴(さ)え冴(ざ)えと輝いている。

息を呑んだ。ここはどこなのだろうか——。

「……シロ」

その瞬間。目の前に夕暮れが戻った。

空を彩るあたたかな朱色に、キャンパスに残る学生たちの喧騒に、遠くで聞こえる車の音に、ひどく安堵した。

どうしてだか、戻ってきた、と思った。

シロの声はとろけるように甘く、笑みの気配をはらんでいた。

「どうした、ひろ」

今のはシロのしわざだろうか。ひろはどこに連れて行かれたのだろう。

輝く金色を前に、ひろは零れ落ちそうになった疑問をぐっと呑み込んだ。

この神様が恐ろしいものだとわかっていたはずなのに。今になってなお、それをまざまざと突きつけられたような気がした。

夕暮れの赤は青い闇に呑まれ、やがて漆黒の夜が訪れる。

今夜は月のない夜だ。

清花蔵で蔵人たちと食事をとったひろは、片付けを手伝ったあと庭に下りた。古い木の柵を押すと、きぃ、と鈍い音がする。

ぽかりと広がる中庭に続いていて、その先にあるのは神酒の蔵――内蔵だ。

焼きの入った板でぐるりと覆われたその造りは、昔ながらの蔵を踏襲している。重い木造りの戸は丁寧にしめ縄が取り払われ、今はあけ放たれていた。

「――拓己くん」

ぼんやりと電灯で照らされたその中で、人影が振り返った。

「ひろ、どうしたんや」

拓己に手招かれて、ひろは蔵の中に足を踏み入れた。

天井の高い蔵の中は外よりいくぶんひんやりとしていた。小さいながら麴室や絞り器が置かれ、麻布をかけられて今は眠りについているかのようだ。

壁に貼られたおびただしい札、四隅の高坏には小さく塩が盛られている。梁に、壁に、柱にしみこんだ甘い米麴のにおいがあふれている。

「どこにもいないから、常磐さんに聞いたの」

拓己は今日も昼過ぎまで出かけていた。道場だと言っていた。そのぶん、夕食のあとから内蔵で残業なのだと、杜氏の常磐が教えてくれたのだ。

「何してるの？」

「点検。桶にひびがあらへんかとか、ゆがんで隙間開いてへんか見てる。こっちの仕込みの準備もそろそろ考えんとあかんしな」

清花蔵が蔵と呼ばれる工場で使っているのは、今はほとんどが鉄やホーローでできた仕込みタンクだ。新しい技術や機材を使い、昔からの知恵と勘を頼りに酒を仕込む。

けれどこの蔵はそのすべてが、時が止まったかのようだった。

大きな木の樽が二つ、横倒しになってその底を見せている。冬が近づくとここで、すべて手作業で酒を仕込むのだ。

樽二つぶんのほんのわずかな量のそれが、清花蔵の内蔵で扱う神酒『清花』だった。

ここの清浄な空気に触れていると、心の中が静かになっていくような気がした。ここも人と、そうでないものの境目なのかもしれなかった。

「——拓己くん、今日ね、どこ行ってたの？」

「今日？　ああ、道場」

これは嘘をついているときだ。ちゃんと目が合っているのに、蓋をされたようにその奥を見通すことができない。

内蔵の空気に交じって拓己にまとわりつく——流れる水の音は貴船の気配だ。

「……あ、のね」

ちゃんと冷静に話すつもりだったのに、先に心のほうがあふれた。

ぱた、と床に涙がにじむ。拓己が息を呑んだ音がした。

「ひろ」

「ごめん、ちがうんだ。泣いたりするつもりじゃなくて……」

この人はわたしに何も話してくれない。きっと悩んでいるはずなのに、何の役にも立てないということが、なんだかひどく悲しかったのだ。

高い天井にガランと音が響いた。顔を上げると、拓己が手に持っていた桶を投げ出していた。その手がひろの腕をつかむ。戸惑ったように瞳が揺れていた。

「……拓己くんから、貴船の音がする」

びくり、とその肩が震えた。

「花薄に会いに行ってるんだって知ってる。でも拓己くんがそれを隠すから、言いたくないならいいんだって、思ってたんだけど」

ほろほろと心からあふれるままにつぶやいた。言葉を尽くさなくては心は伝わらないと、ひろはちゃんと思い出したから。

「きっと何か悩んでるんだよね。花薄に関係があるなら、わたしがきっと役に立てるよ。でも拓己くんは相談してくれなくて、一人でがんばってて……それがいや」

二人で一緒にいると決めたのではなかったのか。この先をちゃんとともに歩いていくと、結婚はそういう約束だ。

しばらくためらって、拓己が小さく息をついた。

「……花薄に一つ頼み事をした。そのためにときどき貴船に行ってる」

「頼み事？」

問い返すと、拓己が困ったように視線をそらす。

「……できたら、ちゃんと言う」

できたら、とひろは首をかしげた。拓己がかたくなに口をつぐむので、たぶんこれはそれ以上話してくれないだろうとわかった。

「花薄が言うには、その頼み事をかなえるために雨が必要なんやて。だからここしばらく、雨が降らへんようになった原因も探してる」

米が不作なのも困るから、と拓己がぽつりと付け足した。

これについては、友人である仁とともに二条の邸へ行ったのだが、結局わからずじまいだったそうだ。

「ごめんな、ひろ」

拓己の大きな手が、ひろの髪をするりと撫でた。高校生のときからずいぶんと伸びた、濃い茶色の髪だ。この手で触れられるのがひろは好きだ。

面(おも)はゆいけれどあたたかくて、慈(いつく)しむようで、とても安心する。

この人はわたしのことが大好きなのだと、それでわかる。言葉ほど雄弁でなくても、指先から心が流れ込んでくるようだった。

「……いいよ」

こつり、と額を拓己の胸に寄せた。鼓動の音がする。

「でも約束してほしい。わたしにできることがあるなら相談してほしい。一人でがんばらないでほしい」

その大きな背に手を回した。きゅう、と力を込めると、拓己の体がぎしりと硬直する。

これは最近わかったことなのだけれど、拓己はいつも余裕であるように見せて、ひろかからこうされるとひどく動揺するのである。

だからこういうときにめいっぱい仕返しをしておくのだ。

「わたしは拓己くんに頼られたい」

この人の隣に立ちたいと、ずっとずっと思ってきた。

ぐ、と低く唸るような声が拓己の喉からこぼれた。抱き寄せられたその力は、やっぱり自分よりもずっと強い。

なのに困ったようにうなずいた、相反するような弱々しさがおかしくて。ひろは月のない夜に、くすりと笑い声をこぼしたのだ。

3

二条城の周辺は空が広い。青く透き通る空は雲の気配もなく、ただ秋のからりとした風を通していた。相変わらずここ数日、雨はない。

秋の陽光にさらされたその朽ちた邸を見つめて、シロがぽつりと言った。

「懐かしいものだな」

「知ってるんか？」

拓己が問うと、シロがひろのカーディガンのポケットでうなずいた。

「ああ。ずいぶん前だ。ここはそのころ帝の庭だった」

拓己とひろは顔を見合わせた。シロの言う『ずいぶん前』だから、きっと明治や江戸時代ではないだろう。拓己が腕を組んだ。

「たしか仁が、ここは昔、神泉苑の一部やった言うてたな」

「……昔は、あの庭はずっと広かったんだ」

懐かしむように、シロが宙に視線を投げた。

今よりずっと昔、シロは雨にかかわらず人の姿を取ることができた。平安時代には貴族の姿で、人の宴会に交じっては酒や菓子、音曲や詩歌を楽しんでいたという。

シロは本来、人の営みを好むのだろうとひろは思う。どんな歌を紡ぎ、何を食べ、何を愛でて語らうのか。そのすべてに興味があるのだ。

ひろは下草を踏み分けて、涸れた池のほとりにある古木に歩み寄った。表皮がぼろぼろと剝がれ落ち、瑞々しさを失ったそれは、今の持ち主がここに越してきたときにはすでにあったものだという。

「……この木も、ずっとここにあった」

シロの言葉に、拓己がやっぱりとつぶやいたのが聞こえた。雨については何もわからなくとも、不可思議な気配をとらえたにちがいなかった。

ひろはその表皮に、思いをはせるようにそうっと手をあてた。

この木はここで、すべてを見てきたのだろうか。

夜明け、貴族たちがぎぃ、ぎぃ、ときしむ牛車の音とともに朱雀大路を進むのも、女たちが美しい衣を重ねて宮中を彩るのも——春夏秋冬、月を、星を、花を愛でながら盛大な宴会が開かれたことも。

紡がれる詩歌の言葉、つま弾く琴の音、高らかに空に笙の音が響く。

時は進み大内裏はその姿を失い、一部は徳川の城になった。梅やしだれ桜をその庭に咲かせ、秋口には桜紅葉が色づく。こっくりとした濃い葉が、風にその身をさやさやと揺らしているのも。

何百回と繰り返したその巡りを、この木はずっと見続けてきたはずだ。

ひろはぐ、と唇を結んだ。

けれど木はすでに何も語らない。わずかな命は尽きようとしている。指先がたどる木の表面はただ乾いていて、長い寿命を終えるのだ。


「――百人目はまだか」


はっと、ひろは顔を上げた。あわててあたりを見回す。人ならざるもののその声は、けれどこの木のものではない。

「聞こえる……」

「なんかいるんか？」

拓己がそう言った瞬間。シロが叫んだ。

「ひろ、離れろ！」

その声に反射的に反応したのだろう。拓己に腕をつかまれて引き寄せられた。

「百人目は、まだか」

朽ちた木のそばに、だれかがいた。

息を呑むほど美しい人だった。

異国の服を纏っている。臙脂色の衣は袖が太く着物のような袂がない。地面に覆いかぶさるような長い裾から、蔓が伸びるように金色の飾りがのぞいている。あれはたぶん沓なのだろう。衣の上に模様を織り出した白色の布を纏い、金に玉の飾り玉が彩っている。

白い顔に切れ目を入れたような、細い目。長い睫毛が頰に影を落としている。艶やかな黒髪に金の冠が、しゃらりと飾りを垂れ下がらせていた。

男なのか女なのか判別がつかない。あるいはどちらでもないのかもしれない。

「百人目？」

ひろが問うと裂いたような目の奥で、漆黒に塗りつぶされた瞳がぎょろりとこちらを向いた。色のない唇が薄く開いた。

「……探している。百人目を連れてこい」

「ひろ」

ポケットの中でシロの鋭い言葉が聞こえる。会話するな、近づくなということだ。ひろがいつも言葉を交わす、人ならざるものとはちがう。

これはシロや花薄のような――神様に近いものだ。

ひろは手のひらを握り締めた。

「あなたが、雨を涸らしているの？」

「百人目を連れてこい」

「雨を返してほしいの」

「百人目を探している」

すべてを拒絶する凍えるような声だ。これでは会話にならない。自分の腕をつかむ拓己がぐっと力を込めたのがわかった。でもここで諦めたくなかった。

このままでは何の手掛かりも得ることができない。

雨を取り戻さなくてはいけない。拓己が、せっかく頼ってくれたのだから。

「あなたはだれ」

そのときだった。

ふいに、その人がほろりと口元を緩めた。固く閉じたつぼみがほころんだようだった。

「時雨」

凍りつくような冬の冷たさの中で、その言葉だけがたしかに春の温度を持っている。

シロや花薄が名乗るとき。同じ気配をにじませるのをひろは知っている。

この名前が誇りなのだ。

「……百人目を連れてこい」

そう繰り返して時雨は姿を消した。

――もう一度会いたい。

残滓のように零れ落ちたその声は、胸に迫るほど切ない響きを帯びていた。


見上げた空は鮮やかなほど晴れ渡っている。腐りかけた縁側のわずかに残された無事な場所を探して腰かけると、シロがするりと肩から膝に下りてくる。

「……あれに見覚えがある」

時雨のことだ。拓己が問うた。

「ここがまだ、神泉苑やったころか?」

「ああ。ひどく……血のにおいのするころだったな。都はずいぶんと荒れて、大内裏も貴族たちも帝も表向きは華やかであったが、虚飾であったようにも思う」

世が変わるときにはそういうことがある。シロが笑いの気配をにじませた。

「その年は日照りが続いて、田畑も都も川も渇いていた。だからここで、雨乞いの儀式があったんだ」

雨の有無は当時の人々にとって、文字通り生命線であった。

神泉苑はその当時、今よりずっと広い庭園だった。広大な池は水の涸れることがないとされ、日照りが続けば僧侶を呼び雨乞いの儀式が行われた。

「そのときも、えらい坊さんを呼んで雨を乞おうということになった。面白そうだから、おれも見に行ったんだ。気に入ったら戯(たわむ)れに、川から水でも呼んでやろうと思った」

それは壮観な光景だった。

憎らしいほど晴れ渡った空に、大きな旗がいくつもひらめいている。風を受けて長い帯をたなびかせるその姿は、巨大な魚が泳いでいるようにも見えた。

何十人もの僧たちがずらりと並び貴人がそれを眺める荘厳な儀式の中、ひときわ目を引いたのは、白拍子(しらびょうし)たちだ。

「白拍子？」

そう問うた拓己に、シロが一つうなずいた。

「舞手のことだ。多くは女の舞手だった」

彼女たちは水干(すいかん)に袴(はかま)、烏帽子(えぼし)を身につけ、腰には太刀(たち)を佩(は)いて舞い踊った。

その日、神泉苑に集められた白拍子は百人。年端もいかぬ少女から手練(てだ)れまで、神泉苑の池のほとりで、雨を乞うために舞を披露した。

シロが懐かしそうに金色の瞳を輝かせた。

「あれは圧巻だったな」

青く染まる空の下で風に吹かれた大樹の葉が躍るように、暇を明けず白拍子たちが次々と舞い踊るそのさまは、この世のものとは思えぬ美しさだった。

だが九十九人目の白拍子が舞い終えても、雨は降らない。

そして最後の一人が歩み出た。

美しい少女だった。艶やかな黒髪を後ろで一つにまとめ、白い小袖（こそで）に唐綾（からあや）を重ねている。白い袴は長い裾を引き、水干を纏い——緋（ひ）色の扇（おうぎ）を開いた。

圧倒的だった。

長い袴を踏んで舞い、白い指先が空をなぞる。緋色の扇を揺らしてろうろうと歌い上げるさなか。むくむくと黒雲が湧き上がり、あっというまに都の空を覆った。

空から雨が零れ落ちる。

何か月ぶりかの、恵みの雨だった。

貴族や僧侶たちが歓声を上げる中、指月はその姿をたしかに見た。池からするりとあらわれた、大きな金色の蛇だった。

「そのときの蛇が、あれだ」

つい、とシロの小さな頭が木のほうをさした。先ほどまでそこに、異国の衣を纏って時雨がぽつりと立っていた。

拓己が腕を組んでつぶやいた。

「あの時雨が待ってる百人目は……その白拍子、いうことか」

百人目を連れてこい、と時雨は言った。もしシロの見た金色の蛇が本当に時雨で、待っている百人目が雨乞いの白拍子、その人であるなら。

千年を超えてなお、ここでずっと待ち続けているということだ。


──百人目の正体を知っていたのは祖母だった。

「それは静御前（しずかごぜん）やろか」

空はそろそろ夕暮れにさしかかるころ、あけ放たれた縁側には香ばしいにおいが立ち上るほうじ茶と、小皿に盛られた早出しの柿。その隣には小さな紙箱が置かれていた。中は干菓子だ。橙や紅の色が施された紅葉の形だった。

「静御前って、源（みなもとの）義経（よしつね）のお妾（めかけ）さんでしたよね」

湯飲みを片手に拓己が問うと、祖母がうなずいた。

平家（へいけ）物語の時代、源義経がその心を寄せたと言われている女性が静御前だ。

「静御前は都の白拍子いう舞手やった。雨乞いの舞を披露しているところを、義経公に見染められたて伝説がある」

神泉苑で静御前が百人目の白拍子として舞うと、にわかに黒雲がわきあがり、雨が降ったという。シロの話ではその時、雨を降らせたのは、現れた金色の蛇だったそうだ。

拓己がスマートフォンを操作して、ひろにその画面を見せてくれた。

「神泉苑には、雨乞いの時、異国の龍王が現れたいう話がある」

映し出されている姿は男とも女ともとることができる。蛇の姿ともされていた。

異国の龍王、善女龍王（ぜんにょりゅうおう）である。

「……時雨だ」

ひろはぽつりと言った。

握り締めた湯飲みの中で、ほうじ茶がゆっくりと冷めていく。

時雨は、平安時代の雨乞いの儀式に現れた、百人目の白拍子に会いたがっている。

「だから雨を涸らせたんだ」

もう一度、雨を乞う儀式をさせるため——また集められるはずの、百人目に会うために。

深く息をついた拓己が困ったようにつぶやいた。

「……千年前や」

白拍子が人間であるなら生きているはずがない。

でも時雨にとって千年はきっと、それほど長い時ではないのだとひろは思う。人と、そうでないものの時の流れはちがう。

「でも困ったね。千年前の人を連れてこないと、雨が降らない……」

ひろは楊枝（ようじ）で刺した柿をほおばった。まだ熟しきっていない柿で、じゃくじゃくとした歯ごたえが小気味いい。

どうしたものか、とひろが考え込んだときだった。

祖母が盆を手に立ち上がった。とたんによろりと体勢を崩す。

「はな江（え）さん！」

立ち上がった拓己があわててその体を支える。投げ出された湯飲みはほとんど空だったのか、ごとりと畳に転がった。

畳に座りこんだ祖母はその手をひらひらと振った。

「いややわあ。最近ほんと、おぼつかんようになった」

ざわりと胸の奥が騒ぐ。ひろはことさら、笑顔をつくろうとした。

「やめてよおばあちゃん。まだまだでしょ」

祖母の言葉は少しゆっくりになった。いつだってきりりとしていて、凛（りん）とした祖母に、確実に老いの波が迫っていると感じさせる。

祖母がくすりと笑った。

「これが歳をとるていうことよ」

ざわりと背筋が粟立った。あわててその手をつかむ。指先までが枯れたように細い。かさかさと乾いていて、あの庭にあった古木の表皮を思わせた。

「……嫌だよ。いつまでだって元気でいてよ」

いつか必ず訪れるはずのそれが、ふいに現実味を帯びた気がした。

けれど当の本人は朗らかなものだった。

「老いるいうんは、そういうことよ。人はゆっくり弱っていく」

祖母がちらりと見やったのは、拓己の隣に開いた小さな箱だった。紅葉の干菓子がいつの間にか一つなくなっている。

シロが食べたのだ。

人の手が加わった美しい菓子を、シロはことさら好む。だからこうして祖母は、台所の棚の中にいつもシロのための菓子を、そうっと用意してくれている。

ひろのそばに人ではない友人がいることを、祖母は知っているのだ。

しわしわの手がひろの頬をたどった。

「わたしはひろよりずっと早う死んでしまう。順番やさかいな。さびしいし怖いけど、でも悲しくはあらへん。わたしが生きた思い出が、ちゃあんとここに重なってるから」

　祖母の手がひろのそれにそうっと重なった。

「――それが、人の生き方いうもんえ」

　人はたくさんの思い出をだれかに託し、重ねて生きていくのだ。

　思い出話の中に、写真に、家に残された茶碗(ちゃわん)や箸(はし)や湯飲みに、ともに歩いた何でもない道の端に。もういなくなってしまった人の面影を見る。

　それが命を重ねるということだ。

　祖母の言うことがすべて腑(ふ)に落ちたわけではない。ひろが祖母の年齢になったとき、あんなふうに達観していられるとはとうてい思えない。

　祖母の小さな手を握り締めた。ほこほことあたたかかった。

　きっといつかひろは、この手のあたたかさを思い出して泣くのだろう。そしてひろもまた、この命をだれかの手に重ねる日が来る。

　それが人の生き方というものだと、祖母は言った。

　それだけが心に深く残った。

　翌日の空は、暴力的なまでの鮮やかな青色だった。べったりと絵の具を塗りこめたような群青の空はからからに乾いている。

二条の邸では朽ちた木の影を、その下草に色濃く焼き付けていた。

引きずりそうなほどの長い黒髪を揺らして、時雨がこちらを振り返った。切り裂いたようなまぶたの奥に乾いた瞳がのぞく。

「彼女はもういないんだ」

ひろは静かに言った。

時雨が小さく首をかしげたのがわかった。頭につけた冠から垂れた金色の飾りが、その肩をしゃらりと滑った。

「……百人目は、まだか」

細い指先が空をなぞる。うつろな瞳はきっと千年の昔を見つめている。雨を乞うために女たちが舞い踊ったあの日をいつまでも生きている。

「百人目は来ない。ずっと前に死んでしまった」

人の営みは巡り時代は変わり、この場所は帝の庭から人の住む場所になり、政の仕組みは変わり異国の文化が混ざり合い——今がある。

「ここにはもう来ない」

時雨の能面のような顔に、初めて感情がひらめいた。

「そんなはずはない」

ひりつくような怒りだった。

「必ずだ。また必ずここで会うと、彼女は言った！」

どっと、空の底が抜けたように大粒の雨が降り注いだ。硝子の玉のような雨粒が次々と地面に落ちて砕けていく。

「ひろ！」

引き寄せられたひろは拓己の腕の中に抱え込まれていた。雨は肌にあたるとばちばちと音が鳴る。覆いかぶさるようにかばってくれた拓己の体で砕けた滴が、ひろの頰を濡らす。

「ありえぬ。わたしはずっと待ったのだ。ここで――ここでずっと！」

頭の奥で声が響いた。胸をつかまれて揺さぶられるような、悲しみに満ちた慟哭だった。

ふいに雨に押さえつけられていた体が、ふっと軽くなった。

頰を軽やかな風が抜けて雨を払っていく。

「――ひろに牙を剝いたな」

冬の風のような、ひどく冷たい声だった。

振り返った先に青年が立っていた。

すらりと高い身長に、淡い藍色の単衣を纏っている。裾には蓮の模様が描かれていた。

肩に触れるほどの髪は氷を削り出したような銀、瞳は月と同じ金色だ。

人の姿のシロだった。時雨がきゅ、と目を細める。

「……巨椋の入り江の水神だな」

「おれはシロだ」

誇るように口元を吊り上げて、シロの腕が跳ね上がった。

「だめ、シロ」

霧のように砕けた雨の中、ひろはあわててシロの腕にとびついた。むっとこちらを振り返ったシロが、子どもをなだめるように言った。

「だめか？　どうして。これは雨を奪いおまえを傷つけた」

「それでもだめ」

すがめられた金色にひるんでいては、人とそうでないものの間で生きることなんてできないのだ。

きっぱりと言ったひろは時雨に向き直った。

「あなたの百人目はどうしても連れてくることができない。わたしたちにとって、千年は途方もなく長い時間で……一緒に歩くことはできない」

ふいに唇を結んだのはシロだった。ゆっくりと細く息をつく。その金色の瞳がゆらゆらと揺れているのがわかった。

シロもまた大切な人を、そして人ではないものを、長く在る命の中で見送ってきた。

ためらうようにさまよっていた時雨の指先が、力を失って揺れた。

「……またわたしのそばで踊ってくれると言ったのだ」

雨は柔らかく、しとしとと降りしきる。

激情のあとの静かな悲しみのようだった。

——その金色の蛇は遠い西の国から、風に乗ってやってきた。

空から雨を集めて降らせるのが、その蛇の特技だ。願いにあわせて気まぐれに雨を降らせてやると、人は蛇のことを好きに呼ぶようになった。

水神、神、化け物、あやかし——龍王。

やがてたどり着いた東の国の都に、水の涸れない池があった。

地の底から湧き出す清涼な水と、ときおり催される華やかな宴、人々の営みの気配が心地よくて、金色の蛇はそこに棲みついた。

日照りが続いたあるとき、池をとり巻く庭で人々が雨を乞うた。

それは西の国のやりかたと似ていたが、海を越える間に少しずつ形を変えて、蛇の知らない儀式になっていた。

巨大な魚に似た旗がひらめく中、女たちが次々と踊り始めた。

ぼんやりとそれを眺めていた金色の蛇は——とうとう百人目の彼女に出会ったのだ。

美しい指先が風をつま弾くように揺れ、白袴に覆われた爪先(つまさき)が力強く地を踏む。切れ長の目の奥に揺れる瞳は濡れるような黒。

赤い唇から零れ落ちる歌が、甘やかに雨をねだった。

雨が欲しい、この地に恵みを、潤いを。

その指先の誘いに乗るように、金色の蛇は気がつくと雨を呼んでいた。

池の底からその姿を眺めていた己と、彼女の黒の瞳はたしかにそのとき見つめあっていたと、蛇は思った。

彼女が白拍子と呼ばれる舞手の一人であること、法皇と呼ばれる人間の権力者に、彼女こそこの国いちの舞手であると言われていること。

名を、静ということ。

それらすべてを知ったのはそのあと行われた宴の席でのことだ。静は植えられたばかりの若木の前で、見よう見まねで人の姿に化けた蛇の手に触れた。

ころころとよく表情を変える女で、踊っているときの艶(なま)めかしさもねだるような甘やかさも微塵もない、活発な少女のようだった。

——そよ　神無月　ふりみ降らずみ　定めなき時雨ぞ　冬のはじめなりける

ほろりと口ずさんだ静は、その金色の蛇を見て笑った。

「あなたの声は、静かでじっと染み入ってくる。冬の初めの時雨みたいね」

いろいろな名で呼ばれてきた蛇は、そのとき、己からは時雨と名乗ることにした。

そうして初めて、自分の命の輪郭がわかるような気がした。

「わたし呼ばれているの、行かなくてはね。どこかのえらい殿がわたしとお話ししてみたいとおっしゃっているのよ」

内緒話をするようにそう言って、静はぱっと立ち上がった。時雨はたった今決めた名を大切に心に刻みながら言った。

「では用が終われば、またここに来るといい。わたしはずっとここにいる。次はあの舞を見せてほしい」

目を見開いた彼女は、口元をほころばせてたしかにあのとき笑ったのだ。

だから待った。

ずっと、ずっと待った。

若木がぐんと幹を伸ばし青々とした葉をつけるようになっても、都が火に包まれ、庭が焼け、新しい邸が建ち、朽ちてまた建ち、池が涸れ人々の装いが変わっても。

ここでずっと待ち続けた。

ある日、からりと音をたてて木の枝が枯れ落ちた。木肌は灰色にくすみ枯れ、もう長くないだろうと思われた。

早晩、約束の場所がなくなってしまう。それでも彼女は来ない。

早く、早く。

ここでわたしに雨を乞うてくれ。まだおまえに名を告げてもいないのに。おまえがくれた名をその唇で紡いでくれ。

ここでまたあの美しい舞を見せてくれ。

——はらはらと雨に交じって、時雨の瞳から涙が零れ落ちた。

源義経に見初(みそ)められた静御前は、彼と運命をともにするためにその旅路のともについたと聞いた。義経と別れたのちにとらえられ、都へ戻されてからそれきりだった。

けれど一度も、この庭へ足を踏み入れることはなかったのだろう。

時雨はただ一度会ったその舞に心を惹かれ、それから千年をここで待ち続けた。

「もう会えぬか」

時雨がほろりと言った。薄く笑みを浮かべる。

「息ができぬ……胸の奥が剣に貫かれたようだ。これほど苛まれるなら、いっそあのとき、会わねばよかったのかもしれぬ」

白い手のひらがくしゃりと衣に皺を寄せた。

「――ちがうよ」

シロの腕を放してひろは時雨に歩み寄った。踏んだ下草からぱっと雨の滴が散る。

「出会わなければ、あなたは時雨にならなかった」

美しい舞を見ることも、冬の前の静かな雨の名をもらうこともなかった。

宙をなぞる指先も。雨を乞うその声も、彼女のはにかんだような笑顔も知らないままだった。

その気持ちは悲しいということだ。さびしいと、いうことだ。

それは愛おしかったからだ。

胸を焼くその想いがなかったことになるのは、あまりに哀しい。

「ほんの一瞬でも、出会えてよかったんだとわたしは思う」

ひろの言葉をかみしめるように呑んで、時雨が空を見上げた。鉛(なまり)のような色の空から、雨が落ちる。

「……そうか」

いつかのその人の笑顔を、思い出しているようだった。

4

したたるような芳醇(ほうじゅん)な水の気配に、ひろはほう、と息をついた。眼下に広がる山々は、今は淡く降りしきる雨の下、けぶるように白くかすんでいる。

とうとうと川の流れる音がする。

人々の喧騒も鳥や獣(けもの)の営みの音も、ここではすべてが山に呑まれてしまう。

貴船だ。

貴船神社のさらに奥地に位置するその宿は、山肌に沿って小さな離れが個別に建てられている。そのうちの一つに、『桃源郷』という名がついていた。

貴船の水神、花薄の棲む場所だった。

花薄が縁側から庭に下りた。裸足(はだし)の足がぱしゃりと水を踏む。

白砂の敷かれた庭には小さな松の木があり、池には水が湧き出している。空を切り取る濃い緑の山々には、しっとりと霧が降りたような雨を纏っていた。

けぶる山々を背景に、花薄が、とん、と庭石を踏んだ。

からり、と小さな音がして、裸足の爪先が白砂を蹴る。広げられた扇子が舞い、桃色の振り袖が宙に躍った。

雨の中で花薄が舞っている。

銀色に縁どられた瞳が伏せられ、瞬いた瞬間に雨の滴がぱっと散る。

この世の生きものではないのだと、まざまざと思い知らされるほど美しかった。

ばしゃり、と、ふたたび花薄が敷石を踏んで、は、と拓己は我に返った。夢を見ていたような一瞬だった。

「――ようよう、まともな雨が戻った」

花薄が縁側に上がるころには、その髪や体からは、すっかり雨の滴が取り払われていた。

扇の要に結んだそれをするりとほどく。

錦の組紐だった。

「よくやったぞ、清花蔵の跡取り」

拓己の手にそれを落とすと、その目をきゅう、と細めた。

大きな手のひらの上でためつすがめつするように、拓己は組紐を光にかざして、ふ、と思わず笑ってしまった。不格好だったからだ。

最初は緊張が糸に伝わるのか、ぎゅうぎゅうに目が詰まっているのに、後半にいくほど緩く伸びている。ところどころ瘤のように糸が飛び出していて奇妙に曲がっていた。

銀糸に茜色、群青、藍色……。

さまざまな色を編み込んだその組紐が、拓己の隠し事の正体だった。

「……おまえから花薄の気配がしたのはそれか」

シロが不機嫌そうに言った。人の姿のシロは、縁側につながる障子に片膝を立てて背を預けている。

「花薄に、紐の組み方を教わってたんや」

貴船の清涼な空気の中で組むのがいいと、折を見てこの『桃源郷』に足を運んでいた。拓己は器用なほうではあるが、色を選び長く組み上げるのは存外骨が折れた。

「結局、ひと月近くかかってしもた」

どうにも照れくさくて、突き出すようにひろに組紐を預けた。

「……いいの？」

ひろの頬がじわじわと喜色に染まる。

「拓己くんがつくってくれたんだ……」

昏がむずむずとほころんで、隠しきれない笑みをにじませている。えへへ、とうれしそうに組紐を掲げるこの人が、自分の奥さんになるのだと思うと、どうしてだか拓己のほうが顔に熱がのぼった。

さらりとした紐は絹だ。光があたると川に陽光がにじむように艶やかに輝く。体に染み入るように、じわりと水の気配がした。

「――花薄の加護を籠めたな」

シロの金色の瞳が拓己をとらえている。ぞくりとした。ひるみそうになる体を奮い立たせて、拓己は組紐を握ったひろの手の上から己のそれを重ねた。

「これで、おまえはお払い箱やな」

氷の気配が冷たく漂う。

シロが担うひろの加護を、別のもので肩代わりすることができないか。それが拓己の相談事だった。ひろは人ならざるものと人との狭間にいる。シロの手が離れてしまえば、拓己の力だけでは守り切ることができない。

――ひろには、水神の力が必要だった。

「花薄に祈りを籠めてもらった。これからはこれがひろを守ってくれる」

祈りを籠めるには雨が必要だ。だから拓己は雨を取り戻すために奔走していたのだ。

重ねたひろの手が小さく震えた。丸く見開かれた瞳が驚いたようにこちらを見つめている。何か言おうとして唇を開いて、結局また閉じた。

拓己が本気であることも、そしていつか来るそのときが今だということも。

ひろもシロも、きっとこの意味をわかっている。けれど二人ではきっと決断できないだろう。だからひろにもシロにも、話すわけにはいかなかったのだ。

シロの金色の瞳が燃えるように輝いている。冷や汗が背を伝う。

花薄が、ほろりとその唇を震わせた。

——そよ　秋来ぬと　目にはさやかに見えねども　風の音にぞ　驚かれぬる
神無月　ふりみ降らずみ　定めなき時雨ぞ　冬のはじめなりける
春たつといふばかりにや　み吉野(よしの)の山もかすみて　今朝はみゆらむ

風で秋を知り、雨で冬を知り、そして春がくる。

「いつまでもともにはいられない。人は巡るものだ。春夏秋冬を巡る儚(はかな)きそのありようが美しい」

そして人ではないものと、人はともには歩めない。

千年はひろには長く、シロには短いのだ。

「拓己くん、わたし……」

逃げるように引こうとしたひろの手を、拓己はぐっと上から力を込めた。組紐を握らせて懇願するように言った。

「いつも、ずっとこれをそばにおいてくれ」

約束は終わりにしなくてはいけないから。

立ち上がったシロが、短く息を吸った。

「……おれとひろは友だちだ。だからずっと一緒にいるんだ」

シロの心の内で暴れる焼けるような想いは想像にかたくない。

おれとおまえはとても似ているから。

「そう約束したんだ」

千年を待つ時雨のように、ひろが、おれがいなくなったあと。ただ抜け殻のように待つ哀しさを……友人に味わわせるのは嫌だ。

「約束は終わりや、白蛇」

だから頼むよ、その手を放してくれ。

おまえがおれたちの思い出を重ねて、この先の千年を自由に歩くことができるように。

三
始まりの日

1

春はいつも、重く降りしきる雨とともにやってくる。

窓にあたる雨が硝子に奇妙な模様を描いている。そこにゆらゆらとにじむのは、遠くで輝く京都タワーの光だ。

塔の上部に丸い円盤をつけたような形は、灯台をイメージしているそうだ。窓の向こうで輪郭を崩されたそれは、ぼんやりと白色の光を帯びて、空に昇る大きな龍の姿に見えた。

「――疲れたか？　明日は朝から忙しいんだろう」

毛足の長い絨毯を裸足の足が踏みしめた。人の姿のシロだ。

部屋の中には格子柄の壁紙のそばにベッドが二つと、窓の前にさらに一つ引き出されている。

ソファの前には硝子のテーブルが、その上にカード式のルームキーが投げ出されていた。

洋室のホテルにシロの和服はあまりそぐわない。本人もどうやら落ち着かないようで、そわそわとあたりを見回していた。

「うん。早く寝なきゃね」

大学院を無事修了したこの春、明日は拓己とひろの結婚式だ。

式は神前式、蓮見神社には式や祈禱を行うことのできる社殿はない。祖母のつてで、京都駅近くの知り合いの神社にお願いすることになった。

そのあとはこのホテルで食事会が予定されている。

新婦であるひろの準備は朝も早く、式のために京都を訪った両親とともに、ホテルに前泊することになったのである。

「まだいいだろう。父親も母親もしばらく戻ってこない」

両親は二人で最上階のバーにいる。夕食のあと、少しだけと母が父を誘ったのを、ひろは快く見送った。父と母が二人きりで過ごすことのできる時間はずっと少ない。

シロがあたりを見回した。

「跡取りは一緒じゃないんだな」

「蔵のお仕事があるんだって。拓己くんは明日、家から来るよ」

この時季、酒造はひととおりの仕込みを終えて、少量だけ卸す新酒の出荷に奔走している。生絞りやしぼりたてなどを卸し、残りをまた秋に向けて熟成させておくのだ。

商店街の日本酒祭りやイベントの時期でもあり、拓己も蔵人たちも、蔵と呼ばれる工場と清尾家、そして営業先にと日々走り回っていた。

「式の前夜だというのに、せわしないものだな」

雨の降りしきる窓の外を見つめて、ひろは胸の前で手のひらを握り締めた。

たぶん拓己は気を遣ってくれたのだ。今日がひろが三岡（みつおか）家で過ごす、最後の日だから。

さびしいような、けれど少し誇らしいような、奇妙な心地だった。

そして拓己たち清尾家もまた、式の前日を家族で過ごしているのだろう。おとといから拓己の兄である瑞人（みずと）と、その家族も清花蔵に滞在している。

ふうん、と興味もなさそうにそうつぶやいて、シロは打って変わって顔を輝かせた。

「ではおれがひろをひとりじめだ。ここは一階に宿泊客用のスイーツバーがあるんだ。食べ放題なんだぞ！　二十四時間ずっとだ、すごいだろ」

「……詳しいね、シロ」

ひろも知らないことを、この神様はよく知っている。テレビや雑誌、最近はひろのスマートフォンであちこち情報を集めているらしかった。

「行こう、ひろ」

「だめだよ。たぶんすごく目立つし、お父さんとお母さんに見られたら、面倒なことになっちゃう」

スイーツバーを楽しむには、人間の姿で行くことになるだろう。

翌日に結婚式をひかえた新婦と、知らない男の友人がホテルで一緒にスイーツバーに並んでいるというのは、いくらひろでもちょっとどうなのかな、と思う。

「……そうか」

あからさまに肩を落とした甘味好きの水神に、ひろは肩をすくめた。

「ほら、わたしのぶんのチョコレートあげるから」

備え付けの小さな冷蔵庫には、チョコレートが用意されていた。

手のひらに乗るほどの漆黒の箱には金色で、有名なチョコレート店のロゴが刻印されている。細いリボンをほどくと、三×三の升目の中に、真ん中のロゴプレートをのぞいて一粒ずつ納められていた。

翌日が結婚式と知っているホテルが、サービスでつけてくれたのだ。

「八個あるから、シロは二つ食べていいよ」

「……いいのか?」

シロが宝物に触れるように、そっと指先でチョコレートをつまむ。まるく艶のあるそれは彫刻のように薔薇の細工が施され、金粉が散っていた。

「美しいな」

ほう、とシロがつぶやいた。

「シロは、そういうものが好きだね」

「ああ。人の営みの加わったものだ。少し前に――」

またそれだ、とひろは笑った。シロのそれは、ちっとも『少し』ではないのだ。

「『ちょこれいと』を見たことがある」

それはどれくらい前なのかと問うと、どうやらここが都ではなくなったあとだというから、明治か大正かそのぐらいだろうか。

「あのときの『ちょこれいと』も甘くてうまかったが、ぼそぼそとしていて形も味気なかった。だが今はどうだ……あれからたった百年だ」

つやつやと輝くチョコレートの一粒は、技術の粋が詰め込まれた宝石のようだ。シロは感嘆の息をついた。

「人というのは、おれたちよりずっと速いのだな」

ずっと向こう、空の果てを見つめるように愛おしそうにその目を細めている。

「そのチョコレートはパリのだよ。ずっと西に行ったところ、フランスにあるんだ」

ぱちり、と瞬いたシロの瞳に、一瞬好奇心の光がやどった。それはほんのわずかで消えてしまったけれど、シロが自然と窓の向こうを見つめているのがわかる。

「……異国には、また知らない菓子も営みもあるんだろうな」

ひろはぱっと顔を上げた。

「シロも行ってみたら？　ほら時雨(しぐれ)も西から来たって言ってたよ」

時雨は雨に乗って、西の異国からこの国にやってきた。戸惑ったようにこちらに視線を向けて、シロはややあって小さく首を横に振った。

「おれたちのようなものは場所に依(よ)るんだ。長く棲(す)みかから離れることはできない」

その視線の先は京都タワーと反対、南をじっと見つめている。

「おれは……ここを守らなくてはいけないんだ」

伏せたまぶたの向こうに、シロは幻を見ている。

美しく咲き乱れる蓮(はす)の花、浅い池には月夜にきらきらと魚が鱗(うろこ)を輝かせている。葦(あし)の茂みからは燕(つばめ)が空を切り裂くように飛び立つ。

風が吹く。波紋が揺らめくように広がって、うつし出した月光をくしゃりと崩した。

あの美しい池は、シロのかつての棲みかだ。

「でも――」

ひろはその先をぐっと呑(の)み込んだ。

シロの棲みかはもう失われてしまった。それはとても哀(かな)しいけれど、人の営みの果てにあるものとしてシロも受け入れたはずだ。

だからシロは、きっと自分で思っているよりずっと自由なはずなのだ。

ひろはきしむ自分の胸に手をやった。

手首には錦の紐が揺れている。拓己からあの日、貴船でもらったものだった。

――あの貴船のあと、シロは一つ笑ってするりと姿を消してしまった。変わらずひろには会いに来るけれど、拓己のことは避けている。

明日は結婚式だ。それが終わればすぐ籍を入れて、ひろと拓己は夫婦になる。

……では、シロは。

無意識に自分の手のひらを見つめていた。

この先千年をひろは、シロとともに生きることができない。だから――ずっと一緒の約束を終わらせなくてはいけない。

それがひろのためで、そうしてシロのためだ。

わかっているけれどついてこないのは心だ。シロは幼いころからひろのそばにいて、たくさんひろのことを守ってくれて、いつも一緒だった。

シロがふいにこちらを向いた。手首の紐に視線を落としてその唇が薄く吊り上がる。金色の瞳は、漆黒の深淵をのぞくように光を失っている。

「……そんなもので、ひろはおれを手放したりしないよな」

とっさに答えられないでいる間に、シロがふと姿を消した。父と母の話す声が廊下の向こうから聞こえてくる。

ひろは唇を結んだ。

時雨の胸が痛くなるような慟哭が耳の奥にまだ残っている。

この先いつか、ひろはシロをおいて先にいなくなってしまう。そのときシロは時雨のように、ひろをずっと待ち続けるのだろう。

とらわれたままその先の千年を生きるシロを思って、胃の腑がぎゅっと痛くなる。

シロは大切な友人だ。ひろにとっても、たぶん拓己にとっても。だから哀しい思いはさせたくない。

ひろのそばに、縛りつけてはだめなのだ。

手首に巻かれた錦の紐を、反対の手でぐっと握り締めた。

窓の向こう、ぼんやりとけぶる京都タワーの灯が、導きの灯台のように揺らめいている。

2

その日は雨と雨の合間にぽかりと訪れた、春の朗らかな晴天だった。

しだれ桜がその細い枝にたっぷりと花を咲かせて、ゆらゆらと風に身を躍らせている。右に左に揺れるたびに宙に置き忘れられたように、ほろりと花びらが零れ落ちた。

あたたかな春の日の中、清花蔵の工場――蔵に設けられた中庭で、これから盛大な宴会が開かれようとしていた。

「――こちら、本日の会場です！」

昼の少し前、おどけた蔵人たちにつれられて嫌な予感半分、楽しみ半分で足を踏み入れたその庭に、拓己とひろはそろって顔を見合わせた。

酒蔵を行う建屋は敷地の一番奥に設けられている。コンクリートと石畳の敷き詰められたそこへは、つながる道も一本だ。

手前には出荷作業を行う倉庫があり、二階は事務所になっていた。駐車場とシャッター一枚でつながっていて、その横に学生たちの社会科見学や、蔵開きのイベントを見越して庭を設けたのは、大学を卒業する前の拓己だ。

三角形の敷地に白い砂利を敷き詰めた小さな庭だった。竹筒からは花香水が石の器に注がれ、池が設けられている。紅葉が二本、青々とした葉をつけていた。

酒蔵の季節になるとそこも、桶や道具の下洗いで使われていたのだが、そこの様相はいま、すっかり変わってしまっていた。

広い駐車場の半分をさらに庭として使い、あちこちに鉢植えの花が咲き乱れている。

山桜の細い枝に咲く花の白と、葉の赤のコントラストが鮮やかだ。やや季節の早い菖蒲は群青、つつじは白色と紅色がほどよく交ざり、そのそばにはたっぷりと持ち込まれたユキヤナギが、小さな花をこぼしていた。

薔薇は春咲きのもので、オレンジにピンク、白色とさまざまな色がちょうどよい塩梅に飾り付けられている。ひろは目を丸くして庭に駆け込んだ。

「これ……わざわざ今日のために？」

蔵人の一人がしてやったり、と満足そうに胸を張った。

「宇治の志摩さんがやってくれはったんえ。当日は顔だされへんから、せめて盛大にやりたいて、娘さんも来てくれて一緒にがんばってくれはったわ」

志摩は宇治に住む庭師だ。蓮見神社の庭を手がけたのが志摩とその父であり、ひろも何度か、平等院のそばにある家を訪ねたことがある。梓という娘と二人暮らしだった。

ひろはその庭をぐるりと見回した。

揺れるしだれ桜の影が菖蒲の花びらに落ちている。その群青はぐっと深く、隣でほろほろと白い花をこぼすユキヤナギは、その一つひとつが雪片のように大きく美しい。

朝露がはらはらと落ちる音、花びらにとまる虫の羽音。風が吹くたびに、歌うような葉擦れの音がする。

志摩の育てた生きものは、こうして季節を謳歌するように歌うのだ。

甘い麹のにおいに混じって、花の芳香は淡く空に吹き散らされていくようだ。

それに誘われたのだろうか、ひらりと蝶が一匹、ひろの目の前を横切っていった。青い鱗粉を光に輝かせた不思議な色の蝶だった。

見入っていると、隣で拓己が呆れたようなため息をついた。

「だからここ何日か、おれは蔵から締め出されてたんか……」

結婚式を終えてから、拓己はどういうわけか蔵に立ち入り禁止になった。敷地に入ろうとすると蔵人たちのだれかが飛び出してきて、追い返されてしまうのだ。

仕方がないからしばらく拓己は、清花蔵の客間にパソコンを持ち込んで、首をひねりながら仕事をしていた。

「いやあ大変やった。おれら毎日、若をブロックする係いうのを決めてな、四六時中入り口に詰めてたから、なかなか骨が折れてなあ」

ぐるぐると肩を回しながら、大変そう、を装っている蔵人は、けれどその口元がにやにやと吊り上がっている。あれは絶対に面白がっている。

蔵人が、庭に向かってことさら大きな声を上げた。

「なあ、大変やったよなあ」

宴会の時間はまだ先で、庭では蔵人たちだけがこちらに向かって手を振っている。そうだそうだ、と繰り返す彼らは、どの顔もひろと拓己の驚いた様子に満足そうだった。

丸太のように太い腕が、がしっと拓己の肩に回った。

「なあ、驚いたか、若？」

「……はいはい、驚きましたよ」

うっとうしそうに、拓己がその腕から抜け出そうともがいている。拓己も剣道や日々の仕事で鍛えているほうだが、年季の入った蔵人たちの、鋼のような胸板や丸太のような腕に比べれば、ひよっこみたいなものだ。

しばらくじたばたとしていた拓己がやがて、じろりと隣を見やった。

「もう、放してくださいよ。これでも今日は、ちゃんとええ服着てるんで！」

この宴会が披露宴代わりということもあって、今日の拓己は、ひろの両親と会ったときに着ていたセットアップだ。

汚れたらクリーニング、のいい服はやめたほうがいいと、ひろはいちおう進言した。ひろも淡いグリーンのワンピースだが、これはセールで買った洗濯できるものだ。

だが拓己は今日が清花蔵の大宴会とわかった上で、かたくなにこの服で行くと言ったのだ。たぶん、拓己なりに浮かれているのだろう。

わしゃわしゃと拓己の髪をかきまぜた蔵人が、やがてぽつりと言った。

「……おめでとうな、若」

浮かれているのは、彼らも一緒だ。今日はこれまで家族のように過ごしてきた、蔵の息子の、大切なハレの日だから。

「…………ありがとうございます」

少し困ったようにそう言って。やがてこらえきれないように拓己が笑った。むずむずと口元が落ち着かなさそうなのは、きっと照れているからにちがいなかった。

――昼を過ぎて、ひろや拓己の友人、近所や営業先の人たちが、祝いの言葉とともに次々とやってきた。

庭には大きなバーベキューコンロが二基、どんと置かれ、じゅうじゅうといいにおいとともに、厚切りの肉が肉汁をあふれさせている。

トングを持っているのは、どういうわけか拓己だった。

早々に高いジャケットを脱ぎ捨てているのを見て、ひろはやっぱり、と内心苦笑した。今日は洗えるワンピースで正解だ。

肉を返しては焼けるころになると蔵人たちがそれをさらっていく。拓己がしたたり落ちそうになる額の汗を手の甲でぬぐった。

「なんでおれ、自分の結婚の宴会で肉焼いてるんやろ。おれが主役やんな、今日」

ぶつぶつ文句を言いながらも、肉を並べ返す手さばきは、長年蔵の下っ端をやっていただけあって鮮やかで迷いがない。

「若、肉！」

「はい！」

「それ焼きすぎや、もったいない」

「すみません！」

「おれのはもっと焼いて。端っこカリカリになるぐらいがええねん」

「やかましいな、あんたら！」

拓己のそばで皿を突き出してくる蔵人たちは、たぶんわざとだ。拓己をからかいながら、
だれもかれもが楽しそうに笑っている。

蔵人たちはこの蔵の跡取りで若である拓己が、大好きで仕方がないのだ。

今回、宴会の酒は、ラベル不備で出荷できなかった『清花蔵』と、あちこちからの貰(もら)いもので賄(まかな)っている。

「――川向こうの蔵からお祝いいただきました！　ありがとうございまーす！」

蔵人が陽気な声とともに、紅白のラベルのついた祝い用の一升瓶を掲げている。

なにせこちらは老舗酒造である。ご近所付き合いを欠かさなかった正と拓己の功績か、それとも元来、どの蔵もお祭り好きの精神が根付いているのか。

祝いラベルの一升瓶にクラフトビールはケースごと、梅酒にチューハイ、流行りのクラフトジンなど、おびただしい種類と量が、お祝いの手土産として倉庫の中に持ち込まれていく。

コンクリートが敷き詰められたこの建屋は日陰でもあり、ひやりと涼しく、さらに用意のいい蔵人のだれかが、氷を浮かべたビニールプールを持ち込んでいた。

氷に交じってぷかぷかと浮いている缶の中から、ひろはレモンチューハイの缶とコーラの瓶をそれぞれ二つずつ拾い上げて滴を切った。

「おれが持つよ」

顔を上げると、藤本仁が大きな手を差し出している。グレーのシャツとズボンで、首元には少し気取った赤い蝶ネクタイが華を添えていた。

意志の強そうな太い眉、後ろになでつけた黒髪は短く、その下にのぞく顔に苦笑を浮かべている。

「主役に飲み物もってこさせるて、どういうことや」

「いつもこんな感じだから、いいんですよ」

この気の置けない感じが、ひろにとっては清花蔵の一員になったようで、やっぱりうれしいと思うのだ。

ふうん、と相槌を打った仁がひろの前で背筋をまっすぐに伸ばした。

「そうや。ひろちゃん、結婚おめでとうな」

ありがとうございます、とお辞儀をしたところで、ひろは首をかしげた。仁がまだ何か言いたそうに、プールの中から拾い上げたチューハイ缶を手の中でもてあそんでいる。

片手でタブを引き開けると、かしゅ、と小気味良い音がした。気合を入れるように一息で半分ほど飲み干した仁は、深く嘆息した。

「たぶん……あいつには一生言うことないから、ひろちゃんに伝えとく」

照れたような戸惑ったような、そんな顔で仁が続けた。

「おれは、剣道で生涯の友だちに会えてよかった。拓己はきっとひろちゃんのことを、全力で幸せにするやろ。だから――……」

仁が腰を折った。ひろに深く頭を下げる。

「ひろちゃんもあいつのこと幸せにしたって。拓己は、ええやつやからさ」

拓己はだれにでも優しく、けれどいつも一線を引いていた。本気で勝ち負けを競っていたのはたぶん仁だけだ。

剣道の腕は仁に分があるらしく、今でも道場で試合をして負けて帰ってきた日は、庭で拓己が竹刀を振っていることがある。

仁は拓己にとってかけがえのない、大切な友人で好敵手なのだ。

ぐっと胸がつまった。

この人は、友を幸せにしてくれと、心から願って頭を下げることができる人だ。

「絶対に、わたしが拓己くんを幸せにします」

顔を上げた仁が、そうかとさっぱり笑ったときだ。

——ぱかん、と音がして、そろって振り返った。中庭のほうで歓声が上がる。だれかが樽を開けたのだ。

「おれ、ああいう酒樽開けるの、生で見るの初めてかも」

仁が目を丸くしている。ひろもそうだ。

一抱えほどの酒樽は紅白に彩られて、しめ縄が巻かれている。太い文字で大きく『清花』と書かれていた。二斗樽だ。

鏡と呼ばれる木の板が蓋になっていて、それを木づちでぱかんと開ける。

清花蔵は一般に樽を卸していないから、いつも神社に納めるものをいくつかこちらに回したのだろう。仁が樽に群がる蔵人たちをさした。

「なあ、ああいうのって、だいたい主役の新郎新婦が開けるものやないん？」

「わたしもそう思います」

さっきもあっちでぱかん！　と音がしたから、蔵人あたりが景気づけに開けているのだろう。もちろん拓己もひろも出る幕などない。

仁が呆れたように、缶に口をつけながらあたりを見回した。

「……それにどう考えても、酒が多すぎやんな」

たしかにそうだな、とひろも首をかしげた。

二斗樽はすでに三つ目、中は上げ底で見た目ほど入っていないとはいえ、中庭に引き出された木のテーブルには、一升瓶がずらりと並んでいる。籐籠に盛られているのは猪口、盆に伏せられているのは湯飲みで、清花蔵と蓮見神社からかき集めてきたのだ。それも半分ぐらい使われていた。

どのテーブルも、出前で取った寿司桶やオードブルの皿が酒に埋もれてしまいそうだ。

蔵人たちも酒が好きだし招待客も多いけれど、彼らが皆飲むわけでもない。ひろと仁は顔を見合わせた。

「——ひろ！」

顔を上げると、拓己がこちらに走ってくるところだった。高級セットアップは見る影もなく、髪はずいぶんと乱れている。片手にはトング、片手には紙皿を持っていて、すっかりいつもの、宴会の下っ端の姿だった。

「悪いけど母さんの様子見てきてもらってええかな。さっき母屋戻ってから帰ってこうへんねん。たぶん台所いてると思う」

「うん、わかった」

残りの缶と瓶を仁に預けていると、拓己がやや苛立ったように付け加える。

「それから仁！　ひろはおれのお嫁さんやからな。二人で内緒話とかしてんな！」

とたんに、わっと周りから冷やかしの声が入る。

仁が苦笑いで肩をすくめる中、ひろは頰にかっと熱がのぼるのを感じた。

……お嫁さん。

そうだ。ひろはもう、拓己のお嫁さんになったのだ。

あわてて仁に背を向けた。

「わたし、母屋に行ってきます」

声は震えていなかっただろうか。目が潤んで顔はきっともう真っ赤だ。隠しきれないほど顔がにやけているのがわかる。

お嫁さん、お嫁さん……！

駆け出す一歩にはきっと、羽がはえている。


清尾家の母屋の台所では、実里が一人で走り回っていた。納戸から取り出した野菜をざくざくと切っては、洗ったバケツに放り込んでいる。バーベキュー用の野菜だ。

黄色が鮮やかなとうもろこしに、赤と緑の大きなパプリカ、しいたけは三つずつ串に通して山積みに、輪切りの玉ねぎの横には、鮭とキノコのホイル焼きの準備まで整っている。

テーブルの上には陶器の鉢がいくつも引き出され、万願寺唐辛子の和え物や自家製のぬか漬け、稚鮎の南蛮漬けに、とろりと飴色に染まった豚角煮などが盛りつけられていた。

宴会のごちそうである寿司やオードブルは出前だが、バーベキューの準備や料理の追加は、今朝から蔵人たちの手を借りながら実里が手がけていた。

「手伝います、実里さん」

振り返った実里が、かぼちゃを薄切りにする手を止めた。

「そんなんええよ、ひろちゃん。お友だちも来てるんやし、主役なんやしあっち戻っとき」

「主役は実里さんもですよ」

そう言うと、照れたように実里が肩をすくめた。

「じゃあお猪口足りへんやろうし、いくつか出してくれる?」

うなずいたひろは盆をひっぱりだして、棚から取り出した猪口を軽く拭いて並べていく。

柄は桜に蓮、ごつごつとした陶器もあれば、指ではじくとキンと音の鳴る磁器もある。

青い硝子のそれは空を模しているのか、端に雲の模様が描かれていてとてもきれいだ。

「ねえ、ひろちゃん見て」

実里がひろの目の前でくるっと回った。いつものエプロンの下は、今日はサーモンピンクのワンピースだ。鮮やかな裾が宙に円を描く。

「似合うやろか」

ひろは思い切りうなずいた。実里の明るさと春のあたたかな雰囲気に、よくあった色だと思う。実里がくすりと笑った。

「これ、誠子さんにもろたんえ」

「お母さんが?」

「うん。去年の顔合わせのときにくれはってん——今日、ほんまは誠子さんにも着たとこ、見せたかったんやけどね」

ひろの両親は今日の宴会には参加していない。

父と母は結婚式の翌日にそろって東京へ戻った。父はすでにアメリカに帰り着いているころだろう。二人とも長く仕事をあけられる人ではない。

実里が気遣うようにこちらをうかがった。

「ひろちゃん、あのな……さびしない？　はな江さんはこっちにいてはるけど、ほんまは誠子さんと一緒に、暮らしたいて思たりせえへんのかな」

本当はずっと、こういうことを聞きたかったのかもしれないと思った。実里はひろのことをいつも気遣ってくれている。けれどこれまではひろの問題は三岡家のことだった。

ひろは小さく首を振った。

「これが、うちなので」

結婚式では、母は祖母のものだという着物を、周囲が見ほれるほどの美しさで着こなし、父のモーニングコートは母のブランドのオーダーメイド品だった。

初めて会う清尾家の親戚たちにも、そのあと立ち寄った清花蔵の蔵人たちにも穏やかに挨拶をし、周囲の目がある場所では、二人とも涙を見せることはなかった。

でもひろは知っている。

母が式の当日、ひろを送り出すときに目を真っ赤にしていたことも、父が控室でひろと撮った写真を、さっそくスマートフォンの画面に設定していたことも。

あの人たちはあの人たちなりに、ちゃんとひろに愛情がある。

「うちは離れてるぐらいが、ちょうどいいんだと思います」

家族でともに暮らすことより、父も母も自分の未来を切り開くことを選んだ。

だから、ひろも選んだだけなのだ。

わたしは、この場所で生きていく。

実里がまぶしそうに目を細めた。

「……わたしもね、誠子さんの華やかな感じとか、東京で働くやなんてドラマみたいでかっこええなあとか、実は思てたんえ」

実里はこの清花蔵に若くして嫁いできた。それ以来ここが彼女の家で仕事場だった。瑞人と拓己の兄弟を育て、蔵人の世話をし食事をつくり続けてきたのだ。

テーブルにふっくらとした手をそうっと滑らせる。山と積まれた野菜、昨日からたくさん仕込んでいた総菜の鉢。一つ息を吸って、誇らしそうに胸を張る。

「でもね、わたしはここで生きる人なんやってわかった」

ひろの母が東京の、きらびやかなイルミネーションとあの華やかさを自分の城にしているように、実里の場所はこの清花蔵の台所なのだ。

「ここで毎日ご飯をつくって、蔵人さんらとしゃべって、瑞人と拓己を育てて……」

いつか、と実里が合わせた指先をきゅうと握り締める。

「瑞人と拓己が素敵なお嫁さんを連れてきたら、一緒にご飯をつくりたかってん。それでわたしがおばあちゃんになったら、孫と一緒におやつをつくりたい――」

小さなお城で、実里が大切にはぐくんできた夢の形だ。

ひろはそうっと実里に手を伸ばした。目じりの皺を深めてくしゃりと微笑むその人が愛おしかった。

「それがわたしの夢やってん……そういうの、今はちょっと古いんかな」

ひろは唇を結んで首を横に振った。

母も実里も、どちらの生き方がすぐれているとか、正しいとか、きっとそんなものはないのだ。居場所も夢も自分で選ぶから価値がある。たぶんそれだけだ。

「……お義母さん」

これまで気恥ずかしくて口に出せなかった。ずっと「実里さん」と呼んできたから。

ぱあっと、実里の顔が輝いたのがわかった。

伸ばされた手にすがるようにひろは実里に抱きついた。ほっこりとあたたかくて、少しふかふかと柔らかくて。

そうしてやっと実感した。

わたしにもここに居場所ができたのだ。それはこれからきっと、ずっとともに暮らす、あたたかくて大好きな人の家族だ。

「うちにきてくれてありがとうね、ひろちゃん」

それが心の中に、じわりと染み入った。

——ことり。

小さな音がした。玄関からだ。ぱっと離れると、実里が赤くなった目をこすって、照れくさそうに微笑んでいた。

それからふい、と玄関のほうを見やる。

「ああ、またやわ」

清花蔵の表は道に面するように店舗になっている。大きな暖簾のかかった入り口の横には、出格子窓が二つ。緩やかに弧を描く屋根瓦のその家は昔の商家の造りだった。店から広い土間を抜けて戸板で仕切られた先に、この母屋がある。

そういう造りだからか、届け物があるときはたいてい店に預けられるのだ。

けれど実里とひろがそろって母屋の玄関に赴くと、あけ放たれたそこには、大きな籠が置かれていた。

目の粗い籠は山から引きちぎってきたかのような、瑞々しい蔓で編まれていた。

鱗も艶やかなヤマメが、口から鰓に通された蔓で五、六匹連なり、傍らにはあふれんばかりの山菜がどさりと乗せられている。ひろがわかるのは、三つ葉、フキノトウ、わらびまでだ。

あて名も送り主の名もない。代わりに小さな紙の包みが添えられていて、開けてみると塩だった。

「……塩焼きでどうぞ、ってことですかね」

ずいぶん用意周到である。実里が困ったように頬に手をあてた。

「なんや昨日の夜あたりから、こんなんばっかりなんえ。近所の人やったら声かけてくれはるはずやし、不思議やろ」

「警察には届けたんですか？」

首を横に振った実里が、よいしょと籠を抱えた。

「お父さんも常磐さんも、かまへん食べてしまえて言わはるし。お魚さばくのだれやと思てはるんやろ、まったく」

そうは言いながらも、実里もその不思議な籠についてあまり頓着がないようだった。

清花蔵は神の酒を造る蔵だ。不可思議は日常で、実里もそのおおらかな性格もあってか、一つひとつを細かく気にするたちではない。

籠を抱えて台所に引っ込んだ実里が、すぐに顔を出した。

「ひろちゃん、さっき出してくれたお猪口、一個ないんやけど持ってる？」

ひろは瞠目して台所に駆け込んだ。

テーブルの、盆の上にたしかに並べたはずの猪口が、あちこちにころりと転がっていた。

まるで子どもがいたずらに手を伸ばしてかき回したようだ。

一つずつ集めて並べると、たしかにあの青い硝子の猪口がどこにも見当たらなかった。

「どこいったんだろう……」

テーブルの下や棚の横をのぞき込んだ、そのときだった。

ひらり。

目の前を蝶が舞った。青い鱗粉をはらはらとまとわりつかせたその姿は、たしかに庭で見たあの蝶だ。

翅が羽ばたくたびに、しゃらしゃらと鈴が鳴るような音がする。

——これは、かわいい。これが、すき。

幼い子どもの声が聞こえたような気がした。

3

その小さな白い蛇(へび)が、金色の目に笑いの気配を浮かべた。

「――それは塩焼きでどうぞ、ではなく、塩焼きで食わせろということだ」

母屋に届いた籠の、ヤマメと山菜に塩が添えられていた、という話をしたのだ。どうやらあれは、人ならざるものの祝いの品であるらしい。

「清花蔵の跡取りに蓮見神社の子が嫁ぐという。おれたちの中では、それなりに関心があるやつもいる」

シロが喉(のど)の奥を震わせて笑った。

「……お祝いっていうか、わたしたちの結婚をダシに宴会を楽しみに来てる気がする」

たしかに魚も山菜もおいしそうだが、こちらに焼かせようという意図が見えるし、調理方法まで指定してくる厚かましさである。

むっとしていると、そんなものだとシロが笑った。

「ここの酒にはひいきが多いからな」

庭から少し離れた倉庫の陰になる場所に、柔らかな芝生(しばふ)が敷かれた一角がある。そこに座ったひろの横に、朱塗りの盆が置かれていた。上には蒔絵(まきえ)で椿(つばき)が描かれた盃(さかずき)に、たっぷりの酒が満たされている。玻璃(はり)の皿には千枚漬けと、実里手製の子持ち鮎の佃煮(つくだに)が盛りつけられていた。

ひと目のつきにくいところに調(とと)えられたこの盆は、たぶん拓己のしわざだろう。拓己は存外、シロをちゃんと神様として見ているのだ。

シロがつい、と小さな頭で庭をさした。

「見ろ」

その先には先ほど開けられたばかりの、二斗樽がある。だれでも酒を汲(く)むことができるように、細いひしゃくが横にひっかけられていた。

中には強い芳香の酒がなみなみと満たされている。

じっと見つめていると、その表面がゆらりと揺らいだ。その瞬間に、酒のかさがごそりと減る。まるでだれかが一息で飲み干してしまったみたいだった。

シロが笑いの気配をにじませる。

「ここには、いろいろ交じっている」

一升瓶が一つ、二つとなくなっている。拓己が焼いた肉が瞬き一つの間に網の上から消え、つまみに用意されていた三角形のピーナツのパックが、大袋ごとテーブルの上からかき消えた。

ひろは耳を澄ませて、わずかに目を見開いた。

きゃあきゃあとした笑い声、洞を風が通り抜けるような野太い声のそばには、木の葉が擦れるようなかすかなささやきが寄り添っている。

人ではないものがここに今、たくさん交ざっているのだ。

「どうりで、お酒が多いと思ったんだ」

「大酒呑みも多いからな。跡取りも蔵主も承知しているだろう」

拓己とそして、父である正、古くからのこの蔵に勤めている杜氏の常磐と数人の蔵人たちは、人ならざるものがすぐそばにいるということを知っている。

古くから慣れ親しみ、畏れ、そしてともに祝う。

だから宴会では盛大に酒がふるまわれるのである。人にも、そうでないものにも。

ふいに知った香りがして、ひろは顔を上げた。

「――清花蔵の祝い酒だ、みなこの日を楽しみにしていた」

宙から降り立つように、桃色の着物が視界の端で揺れる。花薄だ。薄く笑うと瞬き一つで洋服に変じた。

「姿を隠してもいいのだがな、人の宴に交じるのも悪くない」

薄桃色のゆったりとしたニットに、足首までの白いタイトスカート、白銀の髪は一つにくくり上げられていて、ラメ入りのグリーンのリボンで止められている。

金色の瞳は、黒ぶちの伊達眼鏡で隠していた。

「どうだ。今の女子はこういう格好をするのだろう」

ファッション誌から飛び出してきたようなその姿に、ひろは何度もうなずいた。

「ふふ、わたしも町に降りて研究したんだ。やはりいつの時も人の好む服はかわいいものだな。この髪飾りなど、店に十も二十も並んでいたんだ!」

くるりと後ろを向いた花薄の髪で、グリーンのリボンが揺れた。うれしそうに披露するそのさまは、まるで今を生きる少女のようだ。

ほら、と花薄が風呂敷包みをひろに差し出した。

「祝いだ、受け取れ」

ふっくらとした包みは星が瞬いたような藍の絞り染めで、小さいけれどずっしりと重い。座りこんだ膝の上で包みをほどくと、中は薄紙に包まれた餅だった。団子ほどの大きさで、赤と白がころころと交じりあっている。

「わたしが一番ひいきにしている店で買ってきた。錦市場にあるんだ」

なるほど、たしかに祝いといえば餅である。

「ありがとう。焼くにはちょっと小さいから、台所でお雑煮かお善哉にしてもらうよ」

実里に作り方を教えてもらうのもいいかもしれない。紅白の餅がころころと入った善哉は華やかでおいしいにちがいない。

さっそく、と立ち上がったひろの腕を花薄が引いた。

「……それは今食べるものではない、三日目だ」

意味深に笑った花薄に、ひろはぱっと顔を赤くした。

これでも民俗学を学んでいるものだ、ひろも聞き及んだことがある。

三日目、小さな餅、結婚、となればこれは、いわゆる『三日夜の餅』である。平安時代の貴族たちの結婚の作法だった。

好きになった女の邸を男が訪い、ともに夜を過ごす。一日目、二日目と続け、三日目に『三日夜の餅』をともに食べ、宴会を行って初めて夫婦として認められるのだ。

あの時代、男が女の邸に通い夜を過ごすというのは、つまりそういうことである。

ひろはぱたぱたと熱くなった頬を手で扇いだ。

ともに過ごした夜のあと、男は女に文を送るそうだ。そうして女はその文を片手に、また次の夜、男が通ってくれるのだろうかとそわそわした心持ちで待つ。

あのころの恋愛は、たいていいつもそうだと、花薄が肩をすくめた。

「思えば恋とは、待つばかりだな」

花薄が芝生に座りこむと、シロの盃を横からさらった。芳醇な香りの酒を飲み干して、ほうと息をつく。

本当に来てくれるのだろうか。次はいつだろうか。わたしを愛してくれるのだろうか——。その心を抱えたままずっと待ち続けるのだ。

あの時代の和歌の中に、恋しい人を待つ気持ちを歌うものがあれほどあるのは、きっとそのせいだ。

「さびしくつれない想いに涙することもある。けれど季節が巡るのを眺めながら、好いたもののことを考えるのも悪くはない」

金色の瞳が傍らのシロをとらえる。

「幸いわたしたちは、人ほど急いていないからな」

ふいに、シロが氷のように、冷たい声で言った。

「生きるに急いでいるから、人には心がある。重なって続いていく」

ひろは思わず自分の手のひらを見やった。祖母のかさかさの小さな手を思い出す。命が重なって続いていく。それが人だと祖母は言った。

シロも姿こそ見せなかったけれど、あの場でそれを聞いていたはずだった。

歌や、営みや、その手から作り出されるものが美しいのは、短い命の中で心を遺そうとするからだ。

シロはふいにうなだれた。自分の胸の内をのぞき込もうとするかのようだった。

「……おれにも、それがあると思った。でも心ばかり人でも仕方がないんだ……同じ時を重ねることはできない」

すべてを切り捨てるかたくなさで言い放って、シロは瞬きの間に姿を消した。花薄の指先が追うように宙を滑る。

「あれは馬鹿(ばか)だな。なれないものにあこがれて己のありようを見失っている」

呆れたように笑う花薄は、けれどあの金色の目が自分に向く日を、焦(こ)がれるように願っている。その心のありようは人もそうでないものも同じだとひろは思うのだ。

ひろは、花薄の手から盃をすくうとそっと盆に置いた。その手を握り締める。

「シロをよろしく。シロはわたしの、大切な友だちなんだ」

ひろはシロとともにずっと生きることはできない。いつか必ずシロをおいていってしまう。人でもそうでないものにも、これから、がある。だからせめてその道が、さびしさと哀しさだけのそれではないように。

ひろにはいま、祈ることしかできない。

花薄の手はひやりと冷たくて、けれど小さく震えているそのさまは、同じ心を持っているのだとわかった。

「――さて、わたしは宴会を楽しむよ」

ぱ、と手を離した花薄は、すっかりいつもの調子だった。

ふたたび盃を手に取ろうとして、わずかに瞠目した。

「……どこぞに行ってしまったな」

たしかに盆に置いたはずの盃が、忽然と姿を消している。漆塗りで、椿の模様が描かれていた。あたりは芝生で、どこかに転がった様子もない。

顔を見合わせていると、リン、と鈴の音が聞こえた。


――これは、きれい。


少し先を淡い蝶がふわりと飛ぶ。翅から光を纏うような鱗粉をこぼす、美しい蝶だった。

ふと視線をやった先で蝶は溶けるようにかき消えた。

光の残滓だけが宙にこぼれている。

その清涼な気配を、ひろはどこかで感じたような気がした。青く爽（さわ）やかなそれは――蓮の花の気配だ。

4

その奇妙なことはあちこちで起こっているようだった。

――これは、おいしい。

「だれかここ置いたあったおれの皿知らん？　林檎（りんご）剝（む）いてあったはずなんやけど」

蔵人のだれかがそう言えば、別のだれかが不機嫌そうにあたりをうかがっている。

「おれの肉どこいってん……」

――これは、きらい。

そのたびに青い鱗粉を散らして蝶があらわれる。ひろがその光の残滓を追って宴会の隙間を縫っていると、だれかに肩を叩かれた。

「ひろちゃん、やっと会えたわ」

癖のある茶色の髪に、甘く垂れた目、グレーのスラックスに四つボタンのベストを身に纏っているのは赤沢充だ。

拓己の社会人の先輩であり、『若手会』にともに所属している。ひろも何度か面識があった。

今年三十歳になる歳で、伏見にレストランを二つ経営し、オーナーシェフとして活躍していた。

「すみません、最初にご挨拶したきりで……」

赤沢の周りには、『若手会』の面々や、ひろの高校や大学の友人たちが、長テーブルを囲んでいた。どうやらその中心が充のようだった。

陶子が駆け寄ってきた。

「ひろ、すごいんやで、充さん！」

すらりとした脚を包むラフなデニムとスニーカー、生成りのジャケットを肘までまくり上げて、その腕を興奮したようにぱたぱたと振っている。

高校生のころの活発な陶子と何一つ変わらなくて、ひろは思わず笑みを浮かべた。

「伏見でレストランやったはるんやろ。体力いるからジム通たはんねんて。プロテインも欠かさへんて、ほんま尊敬するわ」

「今はコンビニでもおいしいのがあるよ。よかったら写真送るわ」

充がポケットからスマートフォンを差し出す。自然な流れでアカウントを交換している二人の後ろから、深いため息が聞こえた。

拓己だ。バーベキューのほうが一段落したのだろうか。

「充さん、うちの庭で女の子にむやみに手ぇ出すんやめてくださいね」

「まさか、ただの親切に決まってるやん。それに——」

充の甘い瞳がきゅう、と笑いの形に細くなる。その視線の先は陶子だ。

「ひろちゃんのお友だちが、おれのレストランに来てくれるんやったら大歓迎、特別メニューも出すから、いつでも連絡してや」

スマートフォンを持ったまま戸惑っている陶子と充の間に、拓己がぐいっと割り込む。

「ほんまにやめろ。この子はひろの友だちや。あんたみたいな軽薄なのに、ひっかけるわけにいかへんのですよ」

「軽薄て……ひどないかおまえ」

「おれ、充さんの被害者の会の人らに散々愚痴られてるんで」

ふん、と拓己が腕を組んだ。

「この人、えらいモテるし自由に遊ぶし、あちこちで恨み買ってはおれに被害が来るんですよ。料理の腕以外は最低や」

「料理の腕は認めてくれてるんやなあ」

にこにことうれしそうな充は、相変わらず一筋縄ではいかない。拓己のことを後輩として気に入っていて、からかって遊んでいるのだ。

仲がいいなあ、と思っていると隣で辛辣な声がした。

「ほんま最低やないですか」

ひろの大学の後輩、葵だった。服装は散々悩んだのか、結局パンツスタイルのスーツになったらしい。そのあたりも葵らしかった。

陶子と二人でうなずきあっていたから、彼女たちはもうすっかり打ち解けたようだった。

拓己がじろりと充をにらみつける。

「親切装って近づいてきて、気がついたら丸め込まれてるてことあるて聞きましたよ」

「おまえみたいに？　高校も大学もずいぶん人気あったんやてな、親切な清尾先輩？」

ぐ、と一瞬拓己がひるんだ。

ふっと噴き出したのは椿だ。淡いブルーのワンピースに白色のカーディガン、長い髪はまとめて、さらりと右肩から前に流している。

「……椿ちゃん、充さんにおれのことしゃべった？」

「――しゃべったのはおれです」

ぱっと片手を上げたのは、年若い青年だった。

大野達樹だ。春らしい白いパーカーにデニムで、髪はさっぱりとうなじをかりあげたツーブロック。ひろたちの高校時代の友人で、拓己の剣道部の後輩だった。在学の時期は重なっていないものの、拓己は大学のころ、時々剣道部の指導に来ていたのである。

「久しぶり、三岡……やなくて、もう清尾になるんか」

「いいよ、ややこしいもん」

その先で、拓己がいっそ朗らかな笑みを見せている。

「余計なこと話すなや、大野」

「……モテたはったんは事実やないですか」

背筋を伸ばした達樹が、むっと唇を尖らせた。

ひろが高校生のとき、同じ学校の先輩だった拓己は、すでに卒業していたにもかかわらず、いつも話題に上る人だった。

剣道部の主将で格好よかったとか、面倒見がよくて人気があっただとか。

大学生のときだって同じ学部やゼミだけではなく、知り合いだとか友人だとかが、大勢清花蔵を訪ねてきたこともある。

……そういえばあのときは女の人もたくさんいたのだったか。

思い出すとなんだか心の内がぐっとよどんで、ひろは視線をそらした。

「三岡、おれ今度、充さんとこに弁当の仕出し頼むことになってん。今のところ季節限定になりそうやけど、決まったら招待するし、来てや」

達樹は京都市内にある高級老舗旅館の跡取りだ。ひろも訪れたことがあるが、古く静かで落ち着きがあり、特別な時間を過ごすことができそうな場所だった。

充の料理は絶品だから、きっとあの宿の雰囲気によく合うだろう。

「楽しみ……！　絶対行きたい！」

缶ビールを片手に、拓己が不満そうにふんと鼻を鳴らす。

「おれの後輩まで丸め込まはって……。大野、おまえも軽々しく変な話に乗るなよ。あと気軽にひろを誘うな」

「大丈夫ですよ、おれもちゃんと跡取りですから。結婚したのに余裕なさすぎですよ、清尾先輩」

達樹が人好きのする笑みを浮かべてこちらを向いた。

「三岡、なんかあったらおれ相談のるから。清尾先輩と喧嘩したとか、先輩のこと嫌んなったとか、先輩が面倒くさいとか」

「調子のんな」

ひろと達樹の間に、拓己がぐいぐいと割り込んでくる。思い切ったようにビールを一気にあおって、拓己の右手が、ひろの左手をつかんでぐっと引いた。

「ひろはおれのお嫁さんやから。おれのやから！」

左手の薬指には、拓己と交わした結婚指輪がはまっている。

拓己はいっそ堂々としているのだけれど、周囲からの呆れたような微笑ましいような生ぬるい視線に、ひろは顔から火が出そうだった。

けれど、重なった拓己の手があたたかくて、ちらりと見つめた横顔が、わずかに不安そうに揺れている。

いつも尊敬とあこがれの目で見ていたこの人が、ふいにかわいく見えるその瞬間が、やっぱり恋なのだとそう思うから。

「拓己くんは……わたしの旦那さんです」

ひろも、その手をぎゅっと握り返したのだ。

——からかいの声も落ち着いたころ、充がテーブルの下をのぞき込んで、あれ、と首をかしげた。

「だれか、ここにあったやつ食べちゃった？」

テーブルの下には、青いクーラーボックスが置かれていた。銀色の留め金が外れている。充が中をのぞき込んで眉を寄せていた。

「ひろちゃんに、お祝い持ってきたんやけど……うちのプリン」

ひろはぱっと顔を輝かせた。充の店のプリンはひろの好物なのだ。ほどよく硬く、口の中でとろけてカラメルの香ばしさが広がる絶品である。

どうやら友人たちはすでに相伴（しょうばん）にあずかったようで、テーブルの上には、小さな銀色のカップが重ねられていた。

「ひろちゃんのために、最後の一個、ちゃんととっといたんやで」

「もともとおれのはないんですね」

むっと唇を尖らせた拓己をさらりと無視して、充がでも、とつぶやいた。

「……のうなってる」

クーラーボックスの中はすっかり空になっている。つるりと白いボックスの内側には、銀色のスプーンと空になった銀色のカップが一つ、投げ出されていた。

まるで、今しがただれかが食べてしまったかのようだった。

――これは、あまくて、とても、すき。


ひらりと蝶が舞う。

あの声の主だ。さっきから宴に交じっては盃や猪口をさらったり、プリンや菓子をかすめたりしているのだ。

青い鱗粉がきらきらと舞い踊る。すっと抜ける香りは――広い空とどこまでも続く美しい景色を思い出させる。

この清涼な香りが蓮の花のそれだと、ひろは知っている。

蝶が羽ばたくたびに翅からこぼれる鱗粉が、光の帯を引いている。ゆらゆらと不規則に飛ぶそれを追いかけて、宴の中を人々の間を縫うように進む。

「あの蝶か」

あとを追ってきた拓己の言葉に、ひろはうなずいた。

「うん。すごく小さな子どもの声。赤沢さんのプリンとか、蔵人さんたちのお菓子をとったのもあの子じゃないかな」

　青い翅が羽ばたく。

「……あれ、ここに置いておいたスプーン知らんか？」

　――これは、きれい。

「うちの奥さんが髪留めなくした言うてるんやけど、どこいったんやろ」

　――これは、かわいい。

　――これは、すき。

　――これは、おいしくない。

　翅が羽ばたくたびにあちこちで上がる困惑の声に、からかうような幼い子どもの笑い声が混じる。

「ずいぶん派手やな……」

　あまりに蝶があちこち飛ぶものだから、ひろと拓己は途方にくれて立ち止まった。見上げると、志摩が手配してくれたという山桜が淡い桃色の花をつけている。

　傍らで静かな笑い声がこぼれた。シロだった。するりとひろのワンピースを伝って、器用に肩まで上がってくる。

　その鎌首が鱗粉の軌跡を追って右に、左にとゆらゆら動いた。

「あれは生まれたばかりだな。目にうつるすべてが興味深い。だから加減を知らずにあちこち手をつける」

　拓己がへえ、とつぶやいた。

「赤ちゃんみたいなもんか。白蛇みたいなものにも、生まれたばかりいうのがあるんやな」

「すべてに始まりがあるに決まっているだろう」

　それはたとえば、夜闇を駆け抜けるように吹いた一瞬の強い風かもしれないし、だれかがこぼした秋の歌の美しい響きかもしれない。山火事を生き残った山犬や、春の日にほろりと藤の花が開いた、その瞬間。

　――長き眠りの果てに、春の陽気に誘われてぽつりと芽が出た、その一瞬かもしれないのだ。

「おれもその最初が、空から降った雨の一滴か、海から切り取られた最後のひとかけらか、それとも地から湧き出した水のひと湧きか、もう覚えていない」

だが必ず始まりがある。あの蝶も何かの一瞬から生まれたのだ。

揺らめくその金色がぐっと深まっている。

直感だった。シロはきっとこの蝶の始まりが何か、知っているのだ。

ふいにシロが身を乗りだして、ひろの目をのぞき込んだ。

「──おまえ、これから跡取りと一緒に住むんだろう。家を借りたと聞いた」

金の瞳のその奥をのぞくことができない。ひろはおずおずとうなずいた。

最初、ひろも拓己も住む場所について深く考えていなかった。そもそも互いの家がはす向かいのご近所であるし、毎日のように行き来しているからだ。

周囲の勧めもあって、せめてどちらかに二人で暮らすことも考えたのだが、いざそうなるとさまざまな問題も浮上した。

蓮見神社は夫婦と祖母が住むにはやや手狭で、清花蔵は部屋数こそ十分だが、冬から春にかけてはとくに人の出入りが多く、あまり落ち着かない。

そんな折り、拓己の父である正が知り合いのつてで小さな一軒家を見つけてきた。

清花蔵のそばで古いが丁寧に手入れされている。賃貸で、家賃は一人暮らしのマンションよりやや高い程度、拓己の給料とひろがときおり請け負っている仕事の報酬(ほうしゅう)を足せば、十分に余裕のある金額だった。

「一軒家なんだ。二階があって小さいけどお庭もあって、派流(はりゅう)を見下ろせるんだよ」

庭の裏手から宇治(うじ)川派流を見下ろすことができるのが、ひろは一番気に入っている。

これからは桜が咲き乱れ、黄緑色の柳が芽吹くころだ。柳の葉は針のように鋭く、色は深く緑に染まり、そのころには紅葉が瑞々しい星型の葉を空に広げていることだろう。秋には葉がじわじわと黄色から赤に変わり、やがてすべて散り落ちるころに、こっくりとした赤い椿がぽつぽつと花開くのだ。

あの川のほとりに色づく季節が、ひろは好きだ。あれを見ながら過ごすことができるなら、毎日が幸せだと思う。

「ああ、きっとそこはきれいだ。おまえと、跡取りの場所だ」

でも、とシロがどこかうつろに、ほろりとつぶやいた。

「——そこにおれの場所はない」

その瞬間、ぐっと手首を引かれてひろは視線を下に向けた。いつの間にか青い鱗粉が、ひろと拓己の周りをきらきらと取り巻いている。

ひろの右手に巻かれた錦の組紐(くみひも)に、小さな手がかかっていた。

ふっくらとした子どもの手だった。

――これは、きれい。


「だめ」

反射的に手を引いた。

これはひろを守ってくれるお守りで、拓己からの……大切な人からもらったものだから。

どうしたって渡すことはできない。


――いや、きれい。


苛立ったように何度も引っ張られて、ひろはその小さな手に自分のそれを重ねた。

「だめなの。これはだめ」

「ひろ、どうした」

拓己がひろの手をつかむ。

子どもの声はやがて、癇癪を起こしたような甲高い悲鳴になった。

「この組紐が欲しいって……でもこれはだめ。絶対だめなの」

とたんに、ばしゃり、と水の音がした。

「うわ！」

蔵人の叫び声が聞こえる。中庭の端に引かれていた水道が、中から吹き飛んだのがわかった。銀色の蛇口（じゃぐち）が芝生に転がって水が噴きあがる。

春の陽光に照らされて、中庭に淡い虹がかかった。

——ほしい！　これが、ほしい！

この子のしわざだ。

「あっ！」

組紐が手から抜け落ちた。とっさにつかもうとした手から、端がするりと逃げていく。

小さな手は、瞬き一つで蝶に変わった。

ゆら、ゆらとからかうように翅を羽ばたかせて、人の隙間に消えていく。

「待て！」

拓己が蝶のあとを追って走り出した。

ひろはそのまま、芝生に崩れ落ちてしまいそうだった。

「やだ、返して……」

あれは拓己にもらったのだ。拓己がひろのためにつくってくれたものだ。自分を守ってくれるお守りであることより、ひろにはそっちのほうがずっと大切だった。

「ひろ」

耳に転がり込んできたのはシロの声だ。肩の上からじっとこちらを見つめている。金色の瞳が誘うように揺らめいた。

「取り戻しに行くか?」

しゃあ、と開いた口からは、鋭い牙と赤い舌をのぞかせていた。

「あの蝶が、どこにいるかわかるの?」

「わかる。行こう、ひろ」

ゆらり、と景色が揺れた気がした。空を切り取る山桜のつぼみが一斉に花開く。あたりが紅で染まる。

「行こう」

目の前にシロが立っていた。人の姿のシロだ。雨も降っていないのに、と思った。その金色の瞳をすがめて、白い手をひろに向かって差し出している。

淡い藍色の単衣には、蓮の花が描かれていた。

この手を取ってはいけないのだとわかった。ここは境目の向こうだ。

でもきっと、今日ここなのだ。

「……うん。行こう、シロ」

だからわたしは、シロと行かなくてはいけない。その泣きそうなほど揺らめいている金色の瞳に——さようならを言うために。

振り返った拓己は、あれ、と首をかしげた。

「ひろ?」

自分のすぐ後ろにいたはずだった。視線を戻すと、追っていたはずの蝶も忽然と姿を消している。あわててあたりを見回した。

中庭では壊れた水道管を、びしょぬれになった蔵人たちが悪態をつきながら直している。あちこちで開けられた酒樽や一升瓶、友人たちの笑い声。

先ほどと同じ光景なのに、ひろだけがいない。

「何してんねん、若」

中庭をあちこち歩き回っていると、駐車場の端まで来たところで声をかけられた。杜氏の常磐だ。

缶ビールの空き缶や一升瓶、猪口があちこち置いたままにされているのは、これまで蔵人たちのたまり場になっていたからだろう。

ビールケースが椅子代わりに置かれていて、真ん中には七輪が二台、炭がほの赤くくすぶっている。網の上にヤマメや干したししゃも、するめにえいひれにと、さながら居酒屋のようだった。

「常磐さん、ひろ知りませんか？」

「ひろちゃんやったら、今しがたそこから出ていったえ。家のほうに行ったんやあらへんのんか」

常磐がさしたのは駐車場の裏口のほうだ。ふと消えてしまったわけではないとわかって、拓己はほっと息をついた。

「おまえなあ、見失うてどうするんや。おまえの奥さんやろぅ……」

常磐の隣でからかうようにそう言ったのは、父だ。顔はすでに真っ赤になっていて、なお酒の瓶を抱えている。

「なんでそんな、べろべろに酔うてんのや……」

常磐が肩をすくめて笑った。

「そらうれしいからに決まってるやろ。息子の結婚の宴会やで。今日ぐらい好きに酔わせたりな」

「この人、仕事でも呑まなあかんのですよ。ちょっとはひかえてもらわへんと」

ただでさえここ最近、父の健康診断結果には再検査の文字がちらつくようになった。一升瓶を抱えてへらへらと笑っている顔にもその手にも、ずいぶんと皺が増えた。

常磐にいたっては、拓己が子どものときからすでにじいさんだったのだ。物心ついたころからずっと一緒で、そのときから比べるとやっぱり小さくなった。

いつか父も常磐も、くしゃくしゃと丸まってどんどん縮んで、やがて消えてしまうのだろうか。拓己は胸の奥にくすぶる容赦（ようしゃ）のないさびしさとわずかな不安を、首を横に振ってかき消した。

「ええ歳なんですから、酒とか塩分とか気をつけてくださいよ。常磐さんにも親父にも、まだいろいろ教えてもらわんとあかんさかい」

「なんや縁起でもない。おれらが死ぬみたいに言いよって。おれは百まで生きて、おまえにうまい酒がなんたるか、ぜんぶ仕込んだるさかいな」

きゅっと目じりに皺を寄せて、けらけらと笑う。常磐がこんなふうに機嫌がいいのも珍しかった。

酔っ払い二人にため息をついて、拓己は父の腕から引きはがすように酒瓶を取り上げた。

「二人ともあとは水にしといてください。おれ持ってくるんで」

拓己がそう言ったとき。

頬の横がひやりと冷たくなった。五百ミリリットルの水のペットボトルが二本、肩越しに差し出されている。

振り返ると、兄だった。清尾瑞人である。

「水やろ」

細面ですらりと背が高く、眼鏡の奥の切れ長の瞳は呆れたようにすがめられている。

「ありがとう……」

父と常盤に水を渡して、拓己は兄と向き合った。兄が肩をすくめた。

「今日はおれだけで悪かったな」

「ええよ。お義姉さんも若菜も、京都までは大変やろうし」

兄は東京で就職し結婚した。若菜はその子どもで拓己の姪だ。

瑞人と拓己の間には、今も薄氷の壁を一枚はさんだような冷たい境目がある。

まだ幼いころ、十歳年上の瑞人を拓己はずっと尊敬していた。勉強ができて、祖母に好かれ、周囲からの信頼も厚い瑞人が蔵を継ぐものだと、ずっと思っていた。

けれど瑞人は、大学院を卒業して東京で就職した。酒蔵にまったく関係のないＩＴ関連の企業だった。

そのとき中学生だった拓己は、失望と絶望を同時に味わった。

兄はこの蔵を捨てたのだ。

拓己が清花蔵の跡取りを目指すようになったのは、そこからだ。

瑞人には瑞人の考えや理由があることを知ったのは、大学生のころ。それから少しずつ互いに歩み寄るようになった。

あまり酒を飲まない兄が、瓶のコーラを片手に視線を宙に投げた。

「蔵もしばらく見ないうちに、様変わりしたな」

「そうやな。結構改装もしたし、壁直したり床を張り直したりもしてるしな」

古い工場だからあちこちガタが来ている。建て直す余裕はとうていないので、しばらくはだましだまし使っていくしかない。

「……小さいころ、勝手に蔵の敷地に入ってよう怒られた」

懐かしそうに、瑞人がきゅうと目を細めた。

「いつか……ここはおまえの蔵になるんやなあ」

ほろりとこぼれたのは兄には珍しい京都の言葉だ。ここはもうおれの居場所ではないのだと、そう言っているように拓己には聞こえた。

何を言っているのだと、拓己は軽く笑い飛ばした。

「兄貴はいつか言うたよな。こんな小さい蔵では生き残っていかれへんて」

京都の酒蔵のみならず、伝統産業の中には窮地に立たされているところも少なくない。昔ながらの商売は生き残りをかけて必死にあがいている。

清花蔵は小規模で、今時珍しく季節労働者を雇い、仕込みも冬だけの寒造りを貫いている。SNSにもやや乗り遅れていて、なんとか追いつこうとしているところだ。

生き残っていけるわけがないのだと瑞人は言った。だから別の道を選ぶべきだと。

「おれはこの蔵で酒を造り続けるよ。いろんなことを変えるかもしれへん、新しいことも始める。でも清花蔵はおれが守る」

ここが、きっと始まりなのだ。

「この蔵はおれの蔵や」

蔵を捨てて出ていった兄のことを、今でもまだ拓己は呑み込むことはできていない。中学生のときの悔しさも失望も、いまだに胸の内を焼くことがある。

けれどそれでも、瑞人は拓己にとってたった一人の兄で――たしかに指針だった。

「……それで、ここは兄貴の家でもある」

目を丸くした兄が、ふと口元をほころばせた気がした。柔らかく下がった目じりには、細かい皺が目立つようになった。

時間はたしかに進んでいる。いつかここで普通の兄弟として、酒を酌み交わせる日がくるのかもしれないと、やっと、拓己はそう思うことができたのだ。

無言で顔を合わせているのが照れくさくなって、踵を返した。

「おれ、ひろのとこ行ってくる」

瑞人があたりを見回した。

「そういえば彼女はどこに行ったんだ。おれも挨拶したきりだから少し話したいんだ」

「母屋やろ。常磐さんが今しがた、そこから出てったの見たて」

駐車場の裏口をさした拓己に、兄は首をかしげた。

「ずっとこのあたりにいたけど、だれも出ていってないぞ。蝶が一匹、ふらふら飛んでいっただけだ」

振り返って、拓己はじわりと胸に広がる嫌な予感に眉を寄せた。

兄もこの蔵の血を引いている。しかし蔵を離れて久しく、酒に酔ってへらへらと笑っている父や常磐は、今なお神の酒を造る人間だ。

つまり兄より父たちのほうが、不可思議に鋭いのではないか。

ひろはたしかにここから出ていった。けれど兄の目にはうつらず、父と常磐にはその姿をとらえることができた。

その理由に思い当たって、とたんに、ざっと血の気が引く思いがした。

——ひろは、境目の向こうにいるのだ。

裏口から道路に駆け出した。黒々としたアスファルトの道路をはさんで、向かいには清花蔵の母屋が、わずかに離れて蓮見神社が見える。

「だれが……」

ひろを、向こう側に引きずり込んだのだろう。

「——決まっているだろう」

応(こた)える声があった。振り返ると花薄が立っていた。いつもの桃色の振(ふ)り袖(そで)ではなく、洋服で宴会に交じっているのには気がついていた。

伊達眼鏡の向こうで金色の瞳が輝く。月と同じ色の神の瞳。

だれが、なんて決まっている。

「迎えに行ってやれ、清花蔵の跡取り。風に案内させよう」

花薄の白く細い指先が、まっすぐに北東をさした。その指先に従うようにゆるやかな風が吹く。

「そして……見送ってきてくれ」

きっと今日ここが旅立ちの日だと、花薄はわかっている。

「……ええんか」

たしかめるように、まっすぐに花薄を見つめた。

「わたしは貴船で待つさ。花も季節も愛でながらまた廻るのを待つ。わたしたちは千年を生きるものだ」

金色の瞳が、さびしそうに細められたのを拓己は見た。

「人のように、歌でも詠んで待つのも悪くない」

拓己はうなずいた。

「行ってくる」

ひろを迎えに、自分の大切なものを取り戻しに。

そうして——きっと旅立ってしまう友人を見送りに。

5

前を飛ぶ蝶はゆらゆらと不規則に上下を繰り返す。翅が宙を打ったびに、光がこぼれるように鱗粉が軌跡を描いた。まるで道の先に誘っているようだ。

靴の底に触れるコンクリートの感触は、いつの間にか大粒の砂利に変わり、気がつくと柔らかな土を踏んでいた。

春の若芽が育つ青いにおい、目に鮮やかな黄緑色は葉先に露を結んでいる。

木々は深く、葉陰の合間を縫って差し入る光が、苔むした石を、しだれる藤の淡い紫を、落ち葉の降り積もった地面から若い芽がひょろりと伸びるさまを、はかったかのように照らし出していた。

空を見上げると丸く大きな月が、金色の光をこぼしている。

――いつの間に、夜になったのだろうか。

どこかぼんやりとした面持ちで歩いていると、ぎしり、と足先で板のきしむ音がした。

は、と顔を上げる。

たどり着いたそこは古びた邸だった。三方は戸板でふさがれ、一方は柱の間を、細かな格子の板で覆われている。

屋根の下には長いひさしが伸びていて、年季の入った板間はすっかり艶を失っていた。

格子窓の向こう、ひさしの内側にはあちこち金属の籠が吊り下げられていて、ぱちぱちと炎が揺らめいている。

「こっちだ」

シロが格子窓を開けてくれた。上下に分かれるようになっていて、上半分は長い棒でひさしの裏にひっかける。下半分は外して戸板の前に置いた。

そこは広い縁側と廊下が合わさったような場所だった。

ぎしり、と板を踏む。

見上げた空は高く吸い込まれるほど黒く、月の前に薄い雲が一筋流れている。吹き抜ける風の形がわかるようだった。

視界の先は薄い靄がかかっていて、淡くけぶっている。

どこかの山か丘の上だと思うのに、見下ろした先には町明かりがない。車も電車も人の喧騒も何もかも聞こえない。

遠くでちりちりと虫の鳴く声がした。

「ここはどこ……？」

蝶の翅がぱたりと震えるように空を打った。シロの柔らかな声がした。

「指月の丘」

強く風が吹いた。伸ばした髪の先が宙に遊ぶ。まだ森に残っていた古い冬の葉が吹き散らされ、むせかえるような春のにおいを運んでくる。

さあっと靄が吹き散らされて、ひろは息を呑んだ。

ゆったりと龍が横たわるように、眼下をどうどうと広い川が流れていた。宇治川だ。月明かりの下に、白い水しぶきが跳ねるのをくっきりととらえることができる。

そうしてその向こう。

遥か遠くを見わたすことができないほどの、広大な池が広がっていた。

ぽつり、ぽつりと小さな島が見える。春の芽吹きとともに岸辺の輪郭が姿を変え、水面を風が吹き渡るたびに、いびつな波紋が揺れている。

かつての大池だった。

「……ここは、シロの思い出の場所なんだね」

空気がきっぱりと鮮やかだ。木々のにおい、花々の香りを鮮烈に感じる。

そうして少しさびしいとも思った。

わたしたちの生きている町には、人のにおいがある。米麹のにおいも、人々の営みのにおいも。けれどシロの中には何もないのだ。

「……ある貴族が言ったんだ」

この地では四つの月を見ることができる。

空の月、川の月、池の月、盃の月。

四つの月、転じて、指月。

それがかつてのシロの名前だった。

いつか城南宮の近くで盃の記憶に誘われたことがあった。そのとき迎えに来てくれたシロが、ほんの一瞬、雨ではないのに人の姿になったことがある。

記憶の中のそのころ、シロはまだ自由に姿を変えられた時期だったと言った。

たぶんここもそうなのだ。この眼下に広がる広大で美しい夜の池が、波紋すら月光に呑まれるこの世界が、きっとシロの記憶にちがいなかった。

「ひろ、こっちに座れ」

広い縁側には、ふちを錦に彩られた畳がおおよそ二畳、引き出されていた。朱色の盆には提と盃。脚の長い高坏にはさまざまな菓子が盛ってあった。

白い紙に包まれた砂糖菓子、乾燥した果物や揚げた餅のようなものに交じって、妙に現代的な、ごく最近口にしたチョコレートがいくつか積まれている。

ここはシロの記憶だから、あれらが気に入った菓子なのかもしれないと思うと微笑ましかった。

「シロ、わたし拓己くんの組紐を探してるんだ。あの蝶はどこ？」

つい、とシロが顎の先でひろのほうをさした。

振り返るとちょうどその蝶が、板間に舞い降りたところだった。

そこにはさまざまな玩具が転がっている。

おはじき、お手玉、貝合わせ、まりに凧(たこ)、かと思えばくまや猫のぬいぐるみと、新しいものから古いものまで、さまざまだ。だれかが遊び散らかしたようだった。

玩具の真ん中で蝶が翅を震わせている。

青みがかっていた翅の模様が、今は光を呑んだようにきらめいていて、その柄が拓己のくれた組紐だとわかった。

きゃあきゃあと幼い子どもが笑う声がする。

「遊んでほしいんだとさ、一人で遊ぶのは飽いたんだろう」

シロが立ち上がって、高坏の菓子をすべて盆にあけた。板間を踏んで玩具のただなかに高坏を置くと、待ち構えていたかのように蝶がついととまる。

りん、と翅を震わせて青色の小さな置物に姿を変える。翅を広げた蝶の姿で先から短い錦の紐が垂れ下がっていた。

「いつぞや座敷で流行った遊びだ。町に降りたときにおれもときどき遊んだ」

シロに手を引かれるままに畳に座った。真白の扇(おうぎ)を手渡される。ひろが両手を広げたほどの大ぶりの扇だった。

それでひろにも見当がついた。

「投扇興(とうせんきょう)?」

扇を使った遊びの一つだ。枕、と呼ばれる細長い台に蝶と呼ばれる的を乗せる。そこに扇を投げて、蝶や扇の落ちた形で点数を競うゲームだった。

「本当はいろんな点数があるんだが……あたったら勝ち、外せば負けでどうだ？」

シロが玩具の中から、おはじきをいくつかつかむと、ひろの隣に座りこんだ。その間にじゃらりと小さな山に積む。

蝶はすっかりその気のようで、高坏の上で行儀よく置物に徹していた。ときおりふるり、と錦の紐を震わせて、誘っているようにも見える。

「わかった」

遊べばあの紐を返してくれるだろうか。シロが言った。

「先にかまわない」

うなずいて居住まいを正した。扇の持ち方に迷って、紙飛行機のようにつまんでみる。ふ、と投げると、くるくると宙に舞って高坏の手前でぽとりと落ちた。

「残念」

シロの笑いを含んだ声にちょっと悔しくなった。立ち上がって扇を回収すると、じろっとシロをにらみつける。

「次はシロだよ」

大きな手のひらにはいつの間にかもう一つ扇を持っていた。胡坐をかいたまま、指先で要をひっかけて投げると、扇は宙を滑るように高坏の上の蝶を板間に転がした。

——ひとつ。


子どものはしゃいだ声がする。

シロの長い指がおはじきを崩して、自分のところに一つ引き寄せた。マーブル模様に流された薄いオレンジ色が月光に輝く。

「上手だね、シロ！」

思わずはしゃいだ声を上げると、砂糖菓子をつまんでいたシロが肩を震わせた。

「ひろが不器用なんだ。かすってもいなかったぞ」

「……これでも、だいぶマシになったよ」

ひろは元来あまり器用なたちではない。

蝶が己で高坏の上に戻った。もう一度、ということだろうか。

扇を広げてふたたび投げる。シロにならって、要をつまんで宙に滑らせるように押し出した。

とたんに蝶が翅を震わせた。ざっと風が吹いて、ひろの扇がはじかれたように宙を転がって、すっかり離れた場所に着地する。

「あ……」

今のはずるだ、とひろは思った。

笑いながらシロが扇を投げる。指先で何気なくほうっただけなのに、またどこからか風が吹いて高坏の上の蝶を弾いた。

「ほらやっぱり。ずるだ！」

考えてみれば当然だ。ここはシロのかつての記憶の中だ。風も木々も、月の灯も何もかも、すべてシロの思うがままだ。

青色のおはじきを、シロがこつりと指先ではじいた。

「おれじゃない。こいつが……たぶん、おれのことを案じているんだ」

立ち上がって扇を二本拾ったシロが、置物のふりをしている蝶を高坏に戻して、指でそっとつついた。

「……じゃあ、わたし勝てないじゃん」

ひろは思い立って、シロの盆から白い和紙の包みをさらった。

「あっ！」

「ずるのお返し」

ひねりをほどくと桜の形をした干菓子が一つ包まれている。淡い桃色に染められたそれは、本物の花びらのようだった。

口の中でほろりとほどける。桜の香りがした。

「桜のは最後の一つだったんだ。ひろにはこっちの、紅葉をやろうと思っていたのに」

自分で好きにできるくせに、妙にふてくされたようにむっとするから。なんだかおかしくてくすくすと笑った。

いつもの――蓮見神社や清花蔵の縁側のようだ。

シロと拓己とひろで、縁側から外を見やってお茶を飲んでお菓子を食べて、他愛ない話をする。吹き抜ける風に目を細めて季節を感じて……。

そういういつもの日常をひろは、そしてきっとシロも愛しているのだ。

「このまま……ずっとこうならいい」

「それはだめだよ」

祖母の重ねられた手の皺を、かさかさとした感触を、父の白さの交じり始めた髪と、母の目じりの皺を思い出す。

時間は進む。変わらない日々は心地がいいようで、ずっと続くわけではない。わたしたちはきちんと選んで、進んでいかなくてはいけないのだ。

「ではおれだけが、ずっとここで一人だ」

ひろが投げる前に、風が吹いて扇をさらっていった。高坏にこつりと当たって、派手な音を立てて板間に転がった。投げ出された蝶が驚いたように身じろいだ。

「……枕を倒すのは一番の減点だぞ、ひろ」

今のはわたしじゃない。抗議の声は、顔を上げたひろの喉で凍りついた。

煌々と、金色の瞳が輝いている。

ふいに月が陰った。シロの大きな手が、山になったおはじきをさらっていく。

ぱしゃり、と縁側の向こうで何かが跳ねた。

ふと見やったそこは、小さな庭になっていた。いつの間にか空は晴れ、日が燦燦とさしている。いつかの夏の日、蓮見神社の庭だった。

小さな池にぱしゃぱしゃとこぼれているのは、井戸から汲み上げた水だ。

子どもがやってきて、その前にそうっとしゃがんだ。焼けつくような黒い影が揺れた。

その子の目の前には、小さな白い蛇がくたりと伸びている。その子は少し考えて、やがて小さな手で水をすくうと、蛇にそっと差し出した。

ああ、あれは幼いころのわたしだ。

これはあの灼熱（しゃくねつ）の日の記憶なのだ。

小さな白蛇が口を開いた。

「なあ……おれと一緒にいてくれないか？」

幼いひろは、少し笑って答えた。

「いいよ。約束しよう、シロ。ずっと一緒」


シロがひろのもとに来ないとき、地下の水盆（すいぼん）で小さく丸まって眠るように過ごすとき。

シロは、この夢の中で過ごしているのだろうか。

たった一人、揺らぐことのないこの美しい世界が、きっとシロのぜんぶだ。

だから、ここから動くことができないでいる。

蝶が震えるように翅をひらめかせた。いつのまにかもとに戻された高坏の上で、青い鱗粉を散らしている。早く、と、そう言っているように見えた。


——あのうつくしい、われらの、こきょう。

ああ、あなたも、きっとこの優しくてさびしい神様を、ずっと案じていたのだ。

シロのそばから扇を拾った。狙いを定めて、指先からそれが離れた瞬間、風にふわりと舞った。

思い出が美しいのは、後ろ髪を引いてその足を止めさせたいからではなくて。それを糧に前を向いて歩くのだと、背を押してくれるものだからだ。

「今までありがとう、シロ——約束は、おしまい」

ずっと一緒にはいられない。

白い扇は蝶をすくい上げると、そのまま高坏の上を滑ってとどまった。扇の先にとまった蝶が、錦の紐をひらめかせて空に舞い上がる。

——あなたの、勝ち。

夜が戻った。ひろとシロの思い出は姿を消し、煌々と輝る月はずいぶんと低いところで光っていた。東の端から朝が訪れる。

蝶は姿を消し、ぽとりと板間に何かが落ちる。拓己がくれた組紐だった。

それを拾い上げて、ひろは畳の上のシロを振り返った。

「あの蝶は、大池の蓮なんでしょ、シロ」

庭の向こうには、広大な池が静かに横たわっていた。

現実の世界にはあの池はもうない。人の営みにあわせて形を変えられ、切り取られ、川から切り離された。浅く狭くなった池の中で水は行き場がなくなり、病気が流行り、やがて埋め立てられてしまった。

そしてそこに、新しい人の生きる場所ができた。

夜が明けていく。東の空から昇った太陽がきらめく大池を照らす。どこかで、ぽこん、ぽこん、と小さな音がした。蓮の花が開く音だ。

紅、白に、それらの交じったもの。背の高い蓮の花をかきわけるように、だれかが池に細い舟をこぎだした。蓮見舟だった。

風が水面を撫でる。さざ波のように広がる波紋はまるで大きな生きものが、ゆったりと身じろいでいるようだった。

重なりあうように、コンクリートの建物が姿を現す。広い道路、規則正しく並ぶ建物、田畑とぐるぐると渦を描くように空に伸びる、久御山ジャンクション。

今の大池の姿だ。時は重なって新しいものを生み出していく。

その狭間を青い蝶が飛んだ。

シロはわずかにためらって、やがて小さくうなずいた。

「あれはあの日、目覚めた蓮だ」

それは何年か前に、シロの夢に重なって大池を取り戻そうとしたあの蓮だった。

かつて大池で花開いた蓮の花は、種子を結んだ。硬い殻に包まれたそれは、池が埋め立てられたあとも地の底で眠り続け、ある日、人の手でよみがえった。

失われた故郷に戻りたいという蓮の淡い願いがシロの夢と重なって、この町を呑み込んだのだ。

すべてが終わり、眠りについた夢の花はふたたび命を得た。生まれたての子どものように好奇心が豊かで、目覚めたこの世をめいっぱいに謳歌しようとしている。

あの気配は——大池の気配だ。

「あの子はきっと、新しい大池を守ってくれるんだ」

コンクリートとあふれた人波のこの愛おしい土地の主となる。この池も、人とともに移りゆく新しい時代を進んでいくのだ。

だからシロは、もういいのだ。

大池は新しい道を歩み始める。ひろには、拓己と花薄がつくりあげた新しい加護がある。

約束はなくなった。

「シロは好きなところに行けるんだよ」

ひろは立ち上がったシロの手をつかんだ。胸元に顔を埋める。清涼な水の気配は、いつもずっとひろのそばにいてくれた。

さびしいのはひろだ。

手をつかんで引き留めたいのも、もっとそばにいてとすがりたいのも、ぜんぶひろだ。

でもこの大切な友だちがこの先の千年を、何かにとらわれて生きるのを見るのは、絶対に嫌だった。

「……おれは」

さ、とその瞳が、空の向こうに振れたのがわかった。

風に乗って、雨に混じってどこまでも行くことができる。この世界はまるくつながっていて、水は雲となり雨となり空を駆け巡っている。

シロの頰が紅を刷いたように紅潮する。

口元が笑んでいることに気がついているだろうか。瞳の中に揺れる感情を理解しているだろうか。

二千年を生きてもまだ——世界は広いのだと、この人は今知ったのだ。

シロの手がひろの髪を撫でる。別れを惜しむようなそれに、ひろは唇を結んだ。

「ときどき、おれの夢を気にかけてやってくれ。まだ生まれたてだ、いたずらに人に交じって迷惑をかける」

どこかで新しい大池の水神が、きゃあきゃあと笑っているような気がした。

「うん。わたしがちゃんと見てるよ」

それが、これからのひろの仕事だから。

「……また、戻ってくる」

シロの姿が端からほどけていく。高く上るその姿は荘厳な光の柱のようだった。鬣も体も透き通るような水の色。爪は黒曜石の漆黒。

きらめく瞳は、月と同じ金色だ。

シロの本質、龍の姿だった。

「いってらっしゃい、シロ」

答えの代わりに、一陣の風が吹いた。

——約束だ。

いつかまたこの町に、あなたが戻ってくるのを待っている。

透き通るような青い空にその姿が消えていくのを、ひろはじっと見守っていた。

ふいに、光のとばりがかき消えた。その瞬間だった。

「――ふざけんな、何段ある思てんのや！」

はっと目を瞬かせると、両膝に手をついた拓己が、ぜえぜえと肩で息をしていた。我に返ったようにあたりを見回すと、そこはひろも見知った場所だった。

桃山丘陵にある明治天皇陵の、大階段だ。

眼下には長い石段が連なっていて、左右から伸びる木の枝には、まだ黄緑の柔らかな紅葉の葉がぽつぽつと姿を見せ始めている。

かつて豊臣秀吉が伏見城を築いた場所であり、ほど近くには先ほどまで見ていたシロの指月の丘がある。

「拓己くん……」

顔を上げた拓己が息を呑んで、ふいにその場に崩れ落ちた。

「わっ！」

「ひろ、よかった……」

この階段を、一気に駆け上がってきたらしい。

「白蛇は？　ひろが蔵からいなくなって、おれ探しに来て……」

ぎゅう、と拓己の手がひろの背に回る。

あたたかな人の体温と、一番大好きな人の声にぐっと胸が詰まった。

帰ってきたのだと、そう思った。

汗だくで息を整えている拓己の左手に、銀色の指輪がはまっている。同じものが自分の指にあって、それが当たり前のはずなのに。

なんだかきゅうに、胸が締め付けられるように愛おしくなった。

拓己の背に手を回す。このぬくもりだけは、決してひろのそばから離れないでいてくれるはずだから。

「シロはね……いなくなった。お出かけだよ」

震える声で言った。息を呑んだ音がした。

「……そうか」

「また戻ってくるって、約束していった」

数百年前を、このあいだ、という人ならざるものが、またひろがいる時に戻ってくるのか、そんなのわからない。

ずっと隣にあったものが、ぽかりと失われているのがわかる。

東京にいる間もシロがそばにいて、ずっとひろを守ってくれていた。ひろが泣けば水が助けてくれた。シロの加護だ。

「さびしい」

拓己の胸に額をあてて、ほろりとそうつぶやいた。

「もうシロはいないんだ……」

胸に手をあてる。そこには何もない。さびしい。いなくなってしまった。

「そうやな」

拓己の大きな手がひろの頭を撫でてくれた。この胸の中では、泣いていいのだと知っている。声を押し殺して肩を震わせて、哀しいもさびしいもここで吐き出していい。

泣いて、泣いて、そうしてそのあとは、ちゃんと前を向こう。

これはシロの、そしてひろの、旅立ちでもある。

「――大丈夫や、ひろ。きっとあいつは『清花』の季節になったら、帰ってくる」

約束は守るやつだ。

そう笑った拓己の声も静かに震えているような気がした。

終章　この春のよき日に

リビングの掃き出し窓に、広い縁側をつけたいと言ったのはひろだった。

縁側のリフォームはどうしてだか、人と人ならざるものの間で散々にもめた結果、引っ越して一年がたつころにようやく仕上がった。

自分たちも遊びに来るのだから、という人ならざるもの代表の花薄(はなすすき)が妙なこだわりを見せ、狭い庭をほとんど埋めるようにして仕上がったのは、当世風の縁側——いわゆるウッドデッキである。

花薄がどこからか仕入れてきた檜(ひのき)で仕上げられていて、涼やかで落ち着くにおいがした。

「——……どうせ、わたしがおばあちゃんになるまで帰ってこないと思ってた」

ひろがそう笑った先で、気まずそうによそを向いているのは小さな白蛇(しろへび)だ。ひろの大切な友人だった。

「おれだって人の事情ぐらいは把握(はあく)している。人の子は実家を出ると、だいたい、年に何度か、元の家に顔を出すものなんだろう?」

きらめく金色がぐっと色を深める。

窓の向こう、リビングから拓己の声がした。

「おまえ、おれらの家に実家の頻度で顔だすつもりか？」

寝起きなのかあちこち髪が跳ねている。大きな盆を持っていて、焼き立てのトーストとマグカップが二つ。そしてシロ用に、小さなカップが一つ用意されていた。

休日の朝食は交代でつくるルールで、今日は拓己の日なのだ。

「いいだろう。ここがおれの実家みたいなものだ」

ごろごろとひろの膝の上で転がっているシロは、白蛇というより猫に見える。

「……だからて一年で帰ってくんなや。せめて三年ぐらいどっか行っとけ。おれら新婚さんやぞ、気を遣え」

「うるさいな。そう簡単に楽しい新婚さんなどさせてたまるか」

しゃあ、と威嚇するように牙を剝き出しにしたシロも、舌打ちしそうな顔で黙り込んだ拓己も、なんだか一年も離れていなかったようにいつもどおりだ。

リビングからウッドデッキに下りて、隣に腰かけた拓己がぼそりと言った。

「……おまえ、貴船には顔出したんか」

あれから花薄はときどきここに姿を見せてくれるようになった。主にこの家の縁側施工にこだわっていたのだが、まだ力の弱い新しい水神のことも、そして自分が与えた加護のことも気にかけてくれているらしい。

その組紐は今でも毎日、ひろの右腕に巻きついている。

花薄はここに来るといつも空を見つめている。季節が廻るのを待つのも悪くないと、そういう口元はどこかさびしそうだ。

「あんまり、待たせてやるなよ」

「おまえが言うな」

とたんに拓己が苦い顔をする。高校生だったひろの告白を、大学を卒業するまで待たせたのは拓己だ。それを実はいまだに気にしているらしいのだ。

シロはむす、と器用にその頰を膨らませた。

「そのうち……行く」

この関係をいまさら変えるのはきっと難しい。けれど彼らには長い時間があって、ようやくその一歩がここなのだとひろもわかるから。

できればひろと拓己がそのそばで見ていられるうちに、ともに触れて笑いあう未来がくるといいのにとそう思うのだ。

さて、とシロがきらりとその目を輝かせた。

「跡取り、酒だ」

「おまえ……まだ朝やぞ」

「別にかまわない。今年の『清花』はどうだ、よくできたか」

拓己がトーストにかじりついて、おざなりにうなずいた。

「夜まで待て。内蔵からもろてくるから。……どうせ昼飯も食べていくんやろ。充さんのプリンも頼んできたる」

とたんに、ぱあっとシロの目が輝いた。ついでにひろもぱっと手を上げた。

「プリン！　わたしのぶんも！　クリーム乗ったやつ」

「ひろは、今日は仕事やろ」

う、とひろは唇を結んだ。

近くの小学校で、防水用にためていたプールの水がそっくりなくなってしまったと、相談があったのだ。

蓮見神社の仕事は、今は半分ほどをひろが引き受けるようになっていた。

祖母はこれまでよりゆっくり暮らすようになって、友人とお茶をしたり、家で庭を整えて過ごすことも増えた。

それはさびしいけれど、祖母は自然のことだと楽しんでいる。

「午前中で終わらせる。近くだしすぐ行ってすぐ帰ってきて、昼からは――」

春のひだまりの中で大切な人たちと、ひろもゆっくり過ごすのだ。

好物のプリンを食べて、少し早い時間から酒をともに夕食をつくり始めてもいい。実里からもらった山菜がまだどっさりあるし、桜海老が残っているから、ざっと火を通してあえてもいい。

明日になればきっと、シロはまたどこかに出かけてしまうだろう。そうしてときどき帰ってきて――ここで故郷のように過ごすのだ。

「ひろ、間に合わへん。ここから行き」

リビングに引っ込んだ拓己が、ほら、と鞄を差し出すと、もう片手に持ってきた靴をウッドデッキの下に置いてくれた。

薬指に光る指輪はおそろいで、ひろの首元にはお気に入りの、ピンクゴールドのネックレスが小さな石を輝かせている。

ひろはウッドデッキから飛び降りるように、靴を履いて庭に下りた。

振り返る。あたたかな春の陽光の中で、拓己が手を振っていた。小さな白い友人が、その金色の瞳を揺らめかせている。

「行ってきます！」

「いってらっしゃい、ひろ」

重なったその声が心を震わせる。

ここがわたしの、帰るべき場所だ。

春の風が抜ける洛南(らくなん)のこの町が、わたしのかけがえのない故郷なのだ。

参考文献

『女性芸能の源流　傀儡子・曲舞・白拍子』（２０１４）脇田晴子（角川学芸出版）
『現代語訳　義経記』（２００４）高木卓　訳（河出書房新社）
『新訂　梁塵秘抄』佐佐木信綱校訂（響林社）
『梁塵秘抄』（２０１４）植木朝子編訳（筑摩書房）
『王朝生活の基礎知識　古典の中の女性たち』（２００５）川村裕子（角川学芸出版）
『京都時代ＭＡＰ　平安京編』（２００８）新創社編（光村推古書院）
『神泉苑請雨経法道場図』文化遺産オンライン（https://bunka.nii.ac.jp/）
『石に刻まれた江戸時代　無縁・遊女・北前船』（２０２０）関根達人（吉川弘文館）

※この作品はフィクションです。実在の人物・団体・事件などにはいっさい関係ありません。

集英社オレンジ文庫をお買い上げいただき、ありがとうございます。
ご意見・ご感想をお待ちしております。

● あて先
〒101-8050　東京都千代田区一ツ橋2-5-10
集英社オレンジ文庫編集部 気付
相川　真先生

京都伏見は水神さまのいたはるところ
ずっと一緒

集英社
オレンジ文庫

2024年7月23日　第1刷発行

著　者　相川　真
発行者　今井孝昭
発行所　株式会社集英社
〒101-8050東京都千代田区一ツ橋2-5-10
電話【編集部】03-3230-6352
【読者係】03-3230-6080
【販売部】03-3230-6393（書店専用）
印刷所　TOPPAN株式会社

ISBN 978-4-08-680568-1 C0193

集英社オレンジ文庫

相川 真
京都岡崎、月白さんとこ
シリーズ

①人嫌いの絵師とふたりぼっちの姉妹
優しかった父を亡くした高校生の茜と妹のすみれ。
遠戚の日本画家・青藍の住む月白邸に身を寄せるが…。

②迷子の子猫と雪月花
大掃除中に美しい酒器が見つかった。屋敷の元主人の
月白さんのものらしく、修理に出すことになって…。

③花舞う春に雪解けを待つ
青藍が古い洋館に納めた障壁画はニセモノ!?
指摘した少年の真意とともに「本物の姿」を探すことに…。

④青い約束と金の太陽
青藍が学生時代に描いたスケッチブックが見つかった。
それが茜のよく知る人と青藍を繋げることに…?

⑤彩の夜明けと静寂の庭
夏休みに入り、就職か進学か悩む茜。さまざまな場面を
通して「誰かを思う気持ち」に触れ、心を決める…!

⑥星降る空の夢の先
月白さんの死を長らく受け入れられなかった青藍に
変化の時! そして茜もある選択をして…?

⑦茜さすきみと、「ただいま」の空
イギリス留学を経て茜は大学4年生、すみれは中学生に!
大人になった茜と青藍が綴る月白邸の物語、新章スタート!

好評発売中